土星時間

蔣亞妮
著

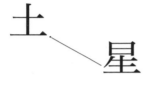

目錄

所有我說過的故事、寫過的字，都至少有兩個版本，
即使是死亡與孔隙。

二

土星

好好呼吸

一、腹式呼吸

我從沒有寫過日記，沒有留下什麼手寫貼膚能把掌邊染上原子筆色的本子，不管是讀書時被逼著寫的週記、暑期日誌，沒有被逼卻也說不上多熱衷的交換日記，因為沒有寫進心裡也不夠日常，多年後再回頭看，那些只是日子，不是記錄，更不是記憶。

開始認識死亡，像是在街角撞見了陌生人，比如最早時讀到的死亡，幾乎全來自同學與課本文章中的他人，某個同學寫了自小帶他的阿嬤離開、另個同學也寫了親如兄長的鄰居哥哥意外離世……在讀了沒有成千也有上百的死亡後，在自己也開始以一本、一本的散文靠近某些現場後，我更理解沒有任何死亡能被作文與真正記載，那些百千萬字的重現與重整，都是創作；亡者沒有紙筆、沒有時間，只有觀眾能以虛構補足死亡的內心活動。

因此每一次，當我親身遇見死亡時，總感覺身在一部紀錄片中，從遠到近。許多年前看了電影《百日告別》，並不是看的時候會在影廳無聲痛哭，淚水從臉頰滑進衣領的那種存在，卻像啟蒙般，將死亡降臨時的感受拉到了更真實的現場，意識到死，得從死的那一天開始算起。

父後百日，我終於能寫下一些關於自己的字。

早在父親的死亡到來之前，死氣與臨終的影子已拖得太長，斷開了我逐漸找回真正說話能力的路，將我一瞬拉進了他的片場，如同其他人，總在逼我創作。沒有人可以為別人的死亡代言，我好想這樣回答那個才是真正已無法說話的父親，關於他如何走到這一步，沒有人比他清楚，看得再近都是旁觀。我只能說說在這百日間，自己的身與生。

夏天與無父的日子一起開始。不知怎麼我開始察覺到喉間總有永遠吸不完、嚥不進的鼻水，抗組織胺和洗鼻器、鼻噴霧與中藥，我試了無數方法、去了許多診間，沒有得到任何有用的診治，也沒有人可以診斷。這團其實（可能）並不存在的鼻水，並沒有影響我的生活，最多就是在這後疫病的年代，讓人擔憂我是否帶著什麼病毒。在一場像是大地遊戲，前一晚就得開始準備的大型健檢結束後，沒有紅字的報告上，我忽然才意識到自己無病，只是怕死。怕誰死了又比怕自己會死，再多上一些。

在逃避著死的時間裡，我在網路上跟隨著一對狗子們的旅行長達兩個月時間。阿拉斯加雪橇犬與柯基的主人想趁著小狗未老，帶他們從居住的上海開車自駕到中國最北端的城市漠河，那個中國博主每日更新 Vlog，載著一整車的物資與最好的鮮食罐頭，她每日油頭素臉，只顧著狗子們是否笑得開心，即使是一趟遠征，該補充的營養素、每日的幾次散步與刷牙護蹄一次不少。旅程的後段，小柯基與大阿拉斯加輪流出現一些毛病，她便幾次徹夜開車不眠休地回到大城市，只為確認狗子平安。旅程中斷，但不曾停止，諾言的重量總來自被履行的過程，他們終於抵達漠河，也抵達她對自己小狗的承諾。在最後一部更新的影片裡頭，她邊開車邊錄音，影片是狗子們在草原跑的空景，而背景音是她獨自說著小狗的生命很像沙漏，剛開始時總覺得沙那麼多又流得那麼慢，越到後來，才發現沙漏的殘酷。殘沙就是時間，盡頭就是死亡，而她帶著體力漸漸不好的小狗才發現：「如果沒有死亡，時間就沒有意義。」

就這樣一句話又把我推回死亡的現場，雖然是現場，但不是直播，只不過在紀錄片中補上與書寫其後，一個個與亡者無關，我自己的現場。

我曾經在更年輕時，發現一個時間的分野，權當成自己內心看世界的無聊把戲，當一個人開始得面臨父母的老病與死亡時，那個瞬間就是中年。有些中年來得早，有些很遲，像是孩提的時光被諸神庇佑，偷偷延長了一些。而我的中年一瞬，雖稱不上早衰，卻也稍稍的提前了點。

藉由死亡的提點，我才確實知曉殘時珍貴，一天竟是一整天、一個月也能如此豐滿。二〇二二年秋天，父親和許多癌症患者一樣，從一處肩頸或者大腿的骨痛，進而發覺自己罹癌。真正的病灶總不在現在，可能在許多年前他忽然找不著原因的沙啞、在他開始不斷大火燉炒的職涯開始時，便已發生。無數次生命演習裡，我都推演過父親的終局，這幾年裡我與他的距離變遠，物理與精神上都是。因我終於明白，一個人的極限如此微小，那個我好幾次跑得遠遠仍要繞回的中部小鎮，那個明知不是親生，彼此卻仍勉力維持住的「父女」關係，終究像是十幾季的漫長美劇一樣，花光製作費與消耗掉死忠粉絲般地只能爛尾。

有些人的生命很像囤積癖，任憑你替他清理掉多少次舊塑袋、爛瓶罐、無法使用的被巾與無數小而無用的皮繩廢紙，對你說完感謝，他轉身便再次找回所有垃圾棄物們，每一次都更凶猛。父親就是被這般堆滿的老屋，我一次次為他推開與清掃，直到他終於和我說，妳不要再管了。當然，他的房間並沒有堆滿東西，嚴格說來，甚至沒有什麼自己的痕跡（當他確診肺腺癌戒菸後，連味道都淡去了），我試圖用文學的隱喻為他的一團亂找尋另一種說法。而這座父親的老屋，就這樣在他開口說出放棄後，一次性傾頹。

每一次我到醫院看他，他都更瘦了，那是自我出生以來、有記憶後，從未看過的他，而他留給我的只有沉默與笑，叫我快點回家，回去看看自己終於組建的家庭與裡頭的家人。那般詞窮，或許是關於家的模板，他無法多談，因為他比我更不常在自己的家中。從秋天跨了剛好四個季節，直到二〇二三年的夏天，他離開，似乎都沒有留下給我的話語，我只從他在醫院的看護那聽說、聽說他只有一次淡淡地說，真希望看孫子長大。平安長大也是咒語，所有美好與善意的集合，加上一點幸運，人們才能抵達。不知道是不是多一些人為一個孩子叨唸，咒語的效力更強，父親早已經放棄為自己唸咒，他的生命是一輪又一輪的迴向，除了賭桌上的那個他，每一個他都認了。

二〇二二年的父親，從年頭似乎就讀出了一些不祥的徵兆，夜裡胸悶送急診，就這樣裝上了心導管，而我是在他出院才得知消息，因我同時也接著不同管線，在北部的醫院裡頭產子。當我離開醫院，住進了許久前便訂好的月子中心，看著窗外的綠地與按摩師聊起產程時，有好幾次心生愧疚到反胃；父親在那個春天，也是疫情最狠的那一段，與那家他開了半生的餐廳從小鎮一端遷至另一端，說好聽點是遷址，但我比誰都明白，是因為再也無力負擔房租。那個春天之前，孩子來臨之前，我也幾次私下轉了房租給那時房東，直到我明白其實很多事自己總也不能夠，不能也不夠。

在這些時候，我會想起許多人與書，想起一直沒有機會見到本人的陳俊志與他筆下的「台北爸爸」；想起許多年後，終於寫出《彼岸》的田威寧，我在父親遷店那陣子，也開始回到工作現場，許多年來第一次見到了田威寧。看她寫到自己的父親也曾搬去逼仄店面賣食營業，而她父親有一天就這樣拉下鐵門無蹤……看她寫幾十年後，終於跨洋見到遠嫁夏威夷的生母，看她寫及親緣的無邊離散，如此強大無恨。那些曾經想問的，關於父親該怎麼寫好（或寫不好），關於散文裡頭的自己，那個「自」，該站在自我還是自私那邊？全都無法再問，也不用問，答案一直都在書裡。

多年的摯友百合，早我一些，在幾年前也送父親遠行。我與她，或許也與許多人都共享某個父親的原型，在人生的賭桌上好賭、沉默、逃避與延遲。我一直記得那時與她的密語，怕被這人間聽見般地說著，（或許離開了比較好）、（對大家都好）、（我們還有自己的人生）……那些被消音的對話，父親在最後也用他的選擇一一應允。當久未回去的我再見到父親站在窄小的新店裡頭時，我知道他也終於不再相信有好轉的可能，於店裡、於命、於他，他開始有了認命的氣味，沒過多久，從以為的筋骨痠痛處，發現不好的東西，終於照出了肺裡頭的一團死霧。

多事之秋接著多事之冬，不到一年的夏天，我從醫院走到火葬場、從殯儀館到寶塔，因父已離妻也無子，我一個人揹著「女兒」的透明名牌，走得無比壓抑。當所有儀式完結，所有佛經都（可能）迴向後，我在下山的路上、回到自己家的公路上，沒有哭，卻開始一聲一聲吸起鼻子。

每一天都比前一天吸得更用力，有時肋骨與前胸都隱隱痛著，自律神經總是在努力告訴每個人別太神經。我的神經與我也是後來才明白，紀念與創作、悼亡或者梳理都好，從來沒有人可以逼另一個人寫下，日記當然也是。我還是不會寫日記，也一直沒有人（包含自己）能逼著我開始寫作

／當然，也無人能逼使我不寫。

上了許多年的瑜伽課，這幾年更喜歡練習空中掛布與吊環，將力量分解到一小塊背肌時、指尖的收束與旋繞時，一次下身跳躍與上臂的施力間，把自己舉放進空中，只有那時，我才會停止吸鼻子。也是在夏天的一次大休息時，我忽然理解了沒有什麼事情，比活著的人能好好呼吸重要，他者都不是我的時間。

腹式呼吸時，我跟著氣息通過鼻腔、呼吸道抵達身體核心，發現一路都沒有阻礙，要能確實地腹式呼吸，其實得靠胸，把呼吸盈滿胸腔，像充飽一個救生衣那樣。把胸打開，腹部與身體都會配合它，那時才能真正吸好一口氣，再把自己像是放進溫泉那般，吐氣到底。記得，要一吐到底。

二、死神的呼吸

父走前的一百多日，是那年農曆春節的尾聲，後來覺得他的瀟灑多少也展現在他只收紅包不收白包的決定。那是最後一個像是年畫與會打開春節特別節目的年節了，我能如此確定是因為早在許多年前，就不再有這樣的日子。

像是一齣話劇，父親的弟與妹們，將所有人都叫回了不再敞亮一如童年的店裡，一家家合照、發紅包與圍爐，留下了唯一一張我父與我子的合照，那是一張充滿死氣的好照片。死，並不來自我父親與畫面中的任何人，而是當下的不（可能）再，時間不只是缺席與不在，而是死去。我想起巴特的死亡觀，或許才是他理解攝影的真實經驗，攝影的刺不來自如生，更是停格瞬間，記錄下一個時間的同時發生與終結。因此我越年長越不忍心看人物照與留下合影，每一次說，來拍照吧，都帶著一種決絕，我想記住什麼，最好是記住一切的狠絕。

這樣晦氣的話，當然不能輕易和別人說，尤其與朋友合照時。但其實死這件事，不也和生一樣，是一種反向的儀式與節慶，這幾年裡最愛的音樂現場，坂本龍一的「async 紐約現場」，就像是一次生的告別式，他在無蓋平台鋼琴、電子樂器、吉他，甚至是一片玻璃間輪流演奏，演奏、轉身、徐行，現場的觀眾如此逼近，他知道有人在拍他，他也知道這場音樂會是他癌末身體能做的最後一次完整演出了（二〇二二年那場純鋼琴的線上演奏會則更像是為遺照留下的一幀招牌動作）。那是演奏更接近攝影能凝結與滯空魔力的地方，而寫作怎麼都到不了，只能是時間的之前、時間的之後，無限想靠近與重現當下，也因此我才能一直寫下去。

後來發現，總是後來才能發現，不只是我，當然也不非得是羅蘭・巴特與坂本龍一，我父親也以他的方式，留下與告別。整理遺物時，與父親同住的姑姑在他的手機中看見了在其他家人傳給他的照片裡、在不小心誤觸截圖與滿是晃動不知焦點何處的照片中，有兩張他穿著病服的自拍，一張側臉、一張正面，直視鏡頭沒有晃動也沒有不確定，臉頰因為削廋而垂下刻痕般的法令紋，但眉眼不曾變過，嘴唇抿得很緊，沒有笑容，但絕對也說不上悲傷，那是屬於父的最後一次觸鍵。姑姑在夜裡把這兩張照片傳到了我手機，它們至今都待在裡頭，沒有歡樂，但也並不難過。

許多紀念都是如此，我存在過，登入打卡，登出打卡。

比起許多與死亡有關的現場，比如醫生宣告死亡，比如法事、出殯、火化、納骨進塔、祭拜，比如收到死亡證明、比如簽下拋棄繼承的文件等等，現場總沒有實感，現場只剩過場。我總在現場的衍生事件裡，才能清醒感受。父臨終前七天，依然能清醒自理地與我簡單通話，簡單的原因並不來自他的不能，而是他的不想，越是病重，他越無話與我說。直到那幾日，我才接受（只有我自己）和他說好的家族旅行，不會再來。

夏末總是校園文學獎的熱區，預計週末要再回去陪他，父親離開前六天，忽然陷入呼吸困難，能下床的時間變得極少，從定期的返院化療轉往了專責病房。而我在那六天裡從南而北，有三場早早說好的工作得完成，那一季夏末變成了無數次來往高鐵再轉往父親所在醫院的季節，我在一場高雄的文學評審會議結束後，原要返回台北準備隔日的工作，卻在南方一處被阿勃勒樹影覆蔭的校園裡，聽見了呼吸聲。

枝葉與風擦出的聲音是一整片的，像是隔著氧氣呼吸罩睡著的父親，他的呼聲也與塑料與打出的高氧氣體摩成一片。我才清醒地想起醫生說，可能就在這幾天，哪幾天？醫生無法說出幾天，有些時候臨終會拉成數月、有些時候會從紅線一腳再踏回綠區，當然更有時候，就是明確的一、二、三天。我不喜歡賭，大賭小賭拿生命賭，都是傷情，我跟著阿勃勒一起深呼吸，好好地取消了隔日的工作，致歉、說明，好好地回到高鐵、回到醫院、回到父的床前。

沒有參加與告假的文學相對論，是為了展開我生命中最重要的一次相對論，我相對於父，死相對於生，痛相對於活，最後我再相對於自己。回來的隔日，父的呼吸開始變了，氧氣罩底下的呼吸片狀剝離，像是被切成了一顆一顆的氣泡，偶爾傳來清楚卻非人般的嘎嘎聲，醫生來時聽見，只說了可以請想見他的人來看看他了。我一邊打給父親的朋友，怎麼想來都只剩兩個人名，一邊從文獻中自己找說明，當病人走向臨終，會先失去吞嚥的功能，使痰卡在喉嚨，痰音與氣泡相融，醫學上也有人說那是**「死亡的嘎嘎聲」**……而他在進入這樣的呼吸前，死神的呼吸開始前，只告訴了所有人，一根管子都不插。

我在白日裡放歌，放西洋老歌，隨著嘎嘎的呼吸持續，他的嘴無法閉起，也失去了語言，接著是雙眼開始長時的閉上，我只能從他眼皮的跳躍程度，感受自己放的歌曲是否得他鍾意，木匠兄妹始終是他年少至今的愛歌，貓王還可以，披頭四時皺了一次眉頭。我反覆替他以棉棒沾水濕潤雙唇，補上護唇膏，在漸漸水腫的雙手雙腳不間斷地擦好乳液，卻更感受不到父親還在這個身體裡頭，如果他在，他想必也想離開。我沒有權力請一個人留與走，連在文章中、連在愛情裡，都做不到如此橫行，何況是對父親，就像他這一生裡頭，想必連女兒的一次「爸爸不要走」都沒有聽過。爸爸如果想走，就走吧，從我很小的時候開始，就這樣想了。

因為他也從未逼我去過不想去的地方，當我和他說自己不愛誰了、傷害了誰或被誰傷害了，他都只是說那妳想清楚就好，其實沒想清楚也沒關係，什麼都沒關係。所以我知道自己永遠可以走，邊走邊寫、邊走邊哭、邊走邊吃，甚至是不寫了、不哭了、不吃了，他也不會怪我，因為他總是在被其他人責怪。那一個週五的夜晚，我沒有和父的弟弟交班，回家補眠，我總想著陪他一起深呼吸。有些人天生就會用嘴巴呼吸，因為鼻過敏、因為運動、因為習慣，這樣的人適合潛水，我忽然從病房想到了大海。

這一年裡，我到海邊練習了好幾次潛水，先在岸邊的深水池裡頭，在裡頭平衡耳壓、摘除面鏡，體育課般，每個動作我都能做得極好，甚至是在淺海區練習中性浮力，在上下浮沉間的一口呼吸，得提前卻又不能真正過早開始呼與吸的準備，對我來說是腹式呼吸的精準度。但只要來到深海，當我從腹部意識到嘴巴時，總會吸嗆進海水，無法完成考核。我是無法好好用嘴巴呼吸的人，不知道父親是不是呢？每一次的呼吸，開始無法被讀秒計算，我只看得出來，每一次的呼吸都讓整座身體骨架上下移動，胸腹卻沒有被擴張與舒壓，他已經無法好好呼吸，就像在海底的我。

死亡是沒有聲音的，沒有配樂與倒計時，連眼淚掉下去都比平常安靜，人的體溫也不會在瞬間就冷去。那個夜晚，父與我不再相對，他真正躺下，而我只能站在其後。有些時間被快轉壓縮，不是因為不重要，而是因為它無法被賦予太過密集與高壓的情感，太多就變得麻木，麻木的記憶與書寫，不如留白。這些都發生在我開始吸起鼻子、不能好好呼吸的那個夏天，如果說，關於那個夏天還有什麼想補充的事件，可能只剩一首歌與幾部電影。

父親火化那天，我的伴侶第一次在他面前演奏（雖然人最後失去的是聽覺，但應該再怎麼久也聽不見七天後的聲音）。大度山火葬場裡，他拿出那把從克里蒙納來的琴，我猜他沒有多想就拉起了也來自義大利的《新天堂樂園》，同名電影裡頭，主角成為名導演，多年後回到西西里的老家、老電影院，即使當年啟蒙他的放映師和他說過，這個城鎮太小無法裝下他的夢想，要他捨棄鄉愁，專心工作，別再回來，就像我父總和我說著的，「妳回家」，可主角仍然回來參加他的喪禮，如父、如我。名為「新天堂樂園」的戲院在最後被拆除了，我與父親第一次看電影的戲院，多年前就停止了營業。

樂園不一定是天堂，第一部他帶著我看的電影是《獅子王》，辛巴的父親木法沙早早就離開世間了，七歲的我還不懂得什麼是生，更遑論死。我只記得走出戲院，轉身和他說，爸爸，我也要和辛巴一樣飛高高。

他說，好。

大路的故事

所謂幸福，時光幻法。總得隔著「時間」才確認、篤定，原來那就叫做幸福。從此以後，不論是甜點時分、燒肉後的泡澡、牽手散步或懷抱貓狗的那個當下，你終於能識別真身，明白此刻，不同於他時。過去的也不悲傷，並不是再也遇不見了，至少大多數的時候如此。

我曾有一段懸浮時光，懸於生死離別，道路的前方究竟是什麼？忘了是因為不想終結還是因為就是不想，離開了家鄉小島上的所有道路，去到北方。也曾在舊時文章裡寫過那段歲月，在當下寫它，不痛不癢，充飽了氣去說，最多只和每一次旅行、觀光差不多模樣。

除了那一年北方的千年首都，我也去過幾個所謂古都，在繁花盛開的京都，看齊整低矮的日式房舍，偶爾有穿著和服脊背線條優美的女士走過，路邊車胎上躲著小貓，京都靜極。吳哥窟陡峭土紅的類金字塔廟宇參天，古樹生長過牆，好像永遠修復不完的千年古剎中，一半傾頹的粉紅色磚石班蒂斯蕾女皇宮最美，高棉熱極。而那座遠方京城，拉遠到多年後的現在，似乎真有著如電視網路裡播放不停穿越時空的劇場，時空在那處世界只不過一條條高速道路，尤其當我走在街道邊遺留的古城門外時……建國門外餐廳林立、德勝門外不遠胡同還活著、朝陽門與崇文門也都在那，我在這些前朝古蹟中每一次的拉開木門、穿過地鐵風切，都幾度穿越時空，只是沒遇見任何阿哥、王爺，穿越線拉著的不是過去，而是書寫的當下現在。體解的看那時他方，千年成了最小的單位，而我在最小最小底下縮得更小生活，努力辨識幸與不幸，以及其他。

我的散文總不是過去，一直都是當下，回憶發生在此刻書桌，不必要拉回時空那頭，過去像從時空門裡扯出如魔術帽藏著綿長不止的彩帶，現在的我總比過往通透一點，也能避開當文字自由穿越時空，引來的事後傷秋。辨識多年，雖修不成白蛇，也至少化成人身，半青不紫的明白了幸福的層理摺痕，總有一些夾縫處讓你得千百般迴身、萬億次探看，才能確認，那些疼痛灼傷般的裂開，依然會在如拼圖般還原、隔遠了窺看的他方，因為無處可去，而被歸屬於幸福。

這種幸福，包含死亡。

偶爾寫散文的好友詩人，曾難得認真地和我說，不確定散文是什麼，他所能確知的是自己總將死亡留給散文。比起他，我則是無法信任死亡，死亡永遠不夠真實，有時它更像是一種很瑣碎無情的過程。可能在電視或是新聞上已經聽了太多，所以真正的新聞，其實是死不了，像被砂石車追撞拖行卻毫髮無傷或是從四樓掉下卻只受了輕傷。死亡如吟龍在天際迴身，總有幾個重擊讓你明白，被劃開的天痕裡，有些人走不回來。時空因他而歸位、過去被現在截斷。

就像許多年前的那天，我從朝陽區漫走到王府井地鐵，前不久舊年跨年或聖誕時忘記拆下的燈飾，在路樹和百貨上灰沉掛著，出了地鐵站後抬頭看向天空，遠遠地被劃開一長條純棉白線，是飛機氣流噴射而過，也可能是吟龍擺尾。而那線的另一頭，是現在的我。

還有大路。

在說大路前，我必須先說說我那時的手錶，它是一個有雙時區、雙錶面的錶，銀白色的K金錶帶、藍寶石鏡面切割、石英機芯。它是我十八歲的生日禮物，我戴著它很多很多年，一直希望有一天戴著它到另一個時區，然後住下來。住下來以後，我還是可以知道家鄉是幾點。當然我也知道，手機就可以做到這些了，還附帶上晴天、雨天、空氣質量所有細節，但手機不是我的十八歲生日禮物，除了我的手錶，沒有任何東西跟著我從十八歲一起過來，來到那時、見過大路。

跟我到了北方的錶，並沒有如我許願般跨越時區，只憑想像，我在京城天還黑時的清晨六點半，偶爾想起台灣同時已大亮的晨光，彷彿可以看到我家樓下那條長長的綠園道上停靠的賣菜貨車、菜心有蟲鑽過，還帶露水。時間不可信任，還是不可信任的是時區？北方有不願亮起的早晨，一如拉薩城不願暗下的夜晚，我的手錶離開了島，在巨陸裡總派不上用場。

小的時間線開始不再可信，回來以後過去了多少時間？是否超越了手錶當時年歲？大的時間線在我心裡結成暗黑團塊。那一年，京城年末沒有下雪，而是隔一年的年初落了四場暴雪，最大的一場，在我從杭州返回落降首都機場的夜。黑夜銀雪，沒有空橋連接，我從客機走下，走過長長灰白色的鋪地雪粉，空氣聞來冰涼，接駁車在風雪中靠近，我頻頻回首，不知道多久後能再看到風雪中的首都機場。大路在機場前面等我，圓白的臉，像月亮積雪。大路是我在北方認識最好最好的人，那樣的好其實是四方無敵的，因為無所求。

大路也說過喜歡，但他的喜歡二字輕輕巧巧，在最接近晨光的深夜裡，擺渡我從醉到醒、從醒到離開。從未要求換過一次牽手擁抱，從未讓我支付出任何心魂。從書桌看向天塹破口，那段時間線上的某一天，徹夜未眠的早上八點，我和大路在西直門橋下打車，手機耗盡了電源，任橋上來往了大概幾百台出租車，沒有一台空著，那是我記憶中最長的一個早上，沒有早點名、升旗、考試，只漫長的揮手和等待。

我不斷措詞與調度記憶，不確定怎麼在短短文字裡雕塑感情，只能盡力平穩直述，大約接近，若選擇刪除所有他的畫面，那所有記憶，就會從紀錄片變成ＭＶ預告；從長篇小說，變成古詩一首，還無情無味。大路不愛讀書，可他會翻牆搜尋我舊時發表文章，大路沒考過駕照，卻愛開長長大路送我去每個遠方，如此危險深情，是我後來聽其他朋友說起，才在怒中看清的。可我不愛也不喜歡大路，或許喜歡，卻是以朋友的喜歡在度量著。我知道，大路從無所求。

只一次在我確定離開前，他說起清淡一句，留在這裡讀博吧。可我除了背來的台灣茶葉、糕餅與家鄉產的啤酒外，沒有留下任何的我在那。不是不留，只是以為總能再給。離京前，我登上了最陡的高原，去到邊境，在珠峰旁凍僵了毛巾、眼鏡、內褲和帶著起床淚水的睫毛，那一刻的凝凍，是當時龍擊，忽然抖開了時光，還給了我自上一場情傷與母亡後被殤停的時間，我才來到當下。

我被停住，可手錶仍滴答在走；等我被放置回當下後的那段時間裡，卻沒再認真看它。或許早在那時，從珠峰轉身下山的一刻，它已被邊界喊凍，代我留在那裡。回家後，我才終於發現。

回家後，是讀博、工作幾字便能寫盡的幾年，不是沒有故事可說，是沒有故事想說。印象最深的一次聯絡，大路從微信裡與我分享了未婚妻的婚紗照，巴黎夏佑宮攝進整座鐵塔，鐵塔旁白紗女孩，叫做櫻子，應該有櫻花粉的腮紅與指甲月牙。大路訂好年底的飯店，請我與那時一同認識的好友回去那座城裡，他說請務必讓我的新娘認識妳。種種原因，就像多年前那般，不是不願留下什麼，只是也像多年前一樣，以為還有許多時間再給出什麼。終究是沒有前往的婚禮，我只來得及把那時最能完美幻化、具象自己幸福感的賀禮寄去。一九九八年 Dom Pérignon 的 Third Plénitude，能一口釋放數十年香氣的滑順香檳，隱隱有蜜與優格的香，就是俗世幸福，最俗那種、最福那種，掏光閒錢，也得給他。

任颱風與地震，後來的天空一直緊緊密合著，我果然沒有再看到雪中的首都機場。那場世界級的疫情發生後，生命也發生了私我的世界級異變，你看所有災厄，說來也不過三言兩句。整理新買的手錶時，打開舊錶盒，翻出了那年陪我回家的錶，錶盒裡夾著票根，是離開首都機場時，空服員在登機時撕去的那張。一起去京的友人、一起認識大路的友人，同年也在島上結了婚，婚禮的她如山茶盛開一樣的美，不是單株花王，而是滿園山茶齊綻那樣驚心。我收起票根、將舊錶換好電池，幾度短暫離開書桌，陪她走一段婚姻裡不美好的路，路不是盡頭，只是路狹難行。某段路上，我們難得說起了大路，笑罵一回，各自回家。

夜裡，我因召打開了幾年前以香檳王換來的櫻子聯絡方式，朋友圈裡她發長長近況配春城夏景，怎麼搬離了北方？大路的櫻子寫著：「我現在所在的山城很美，前幾天後面山坡開滿了紫色的野花，從某個角度看過去，特別的宮崎駿。還有一個著名的峽谷，下雨的日子裡，煙霧繚繞。這裡海拔一千兩百米，天氣晴朗的夜裡星星會發光，閃閃爍爍很是好看。其實說了這麼多，是想告訴你，人間還是值得的，要再來看看，我等你。」

才換好電池的舊錶，有一區莫名停下了走動，另一錶面則如常走著。我的書桌是現在，現在有些疼痛，過去果然幸福。夜裡的天空太暗，雪色吟龍輕輕以尾擊開北方。

前方再無大路。

敦化南路

夜講堂

我們總在學著告別，這是成年後，身高與智商都停止生長後，我心內最實用的人生技能。在我真正學會與人告別，或者是持續進行著的漫長送別之中，和許多人一樣，總是先學會了與某個所在告別，那些搬遷、倒閉、休業的早餐店或者喜歡的漫畫店與甜點店，然後是書店，許多不曾意識到的時空被收納折疊而進的書店，以一種遲緩的疼痛感，後覺性地一間間與我告別。

我出版了第三本書的二〇二〇，最後一場新書發表會辦在了當時敦化南路二十四小時書店的「夜講堂」，講題與內容我已全盤留在當時，只能清楚記得前往的路上與走進的瞬間。我在講堂開始前十五分鐘，走過了 Emmanuelle Moureaux 為書店設計的紙雕時光之下，不同年份成為了森林與星空，我抬頭望見正上方的紙雕時間，懸掛著彩色的「2017」。

那時如同今日，我從未準確的活在每一個年份，總依然在心裡數著前一個年度、過一段無法結束的漫長舊日。真正的二〇一七年裡，我在年初走進了東京國立新美術館，第一次遇見 Emmanuelle Moureaux，同一個藝術家、同一座裝置，我也曾在底下送行了當時的自己。把二〇一六與上一段工作和每一次回頭都像黑歷史的自己，給送得遠遠，才發現，送走的會再來，真正離開的總來不及送。

那一場夜講堂，接續的是那間書店後來盛大的熄燈，當時接待我的出版社行銷妹妹笑得極美，走過無數時間底下，接我入座，也是她輕聲告訴我，才知道那天剛好是敦南最後一場常規的夜講堂。在那夜之後，我剛好接下了某間雜誌為紀念書店熄燈的邀稿，在許多的資料中讀見了卡爾維諾在名作《看不見的城市》裡，收藏著的一句文眼：「看不見的風景，決定了看得見的風景。」文眼是作家的眼睛，於卡爾維諾更是城市的「神」，以字入夢、以眼入魂。「看不見的風景」也正是那間書店多年前決定二十四小時營業的發想，在紀念書店的特刊裡，我看見這段文字：「因為是書店起家，起初在策畫活動時會從各式文本裡尋找想法靈感，像是二十四小時書店是受到卡爾維諾《看不見的城市》一書啟發，把現實和幻想交融在一起，透過自己的想像構築美麗新世界，因此借鏡文本傳達的理想。」

我想起卡爾維諾虛構的《馬可波羅遊記》，那說書般唱頌的城市風景，每一次都是不同回眸；每一個人的書店風景，也都是不同景深，但想來應該都是閃亮如星或繁複織錦，才能引整段流年璀燦。一九九九年，書店的卡爾維諾之夢從期間限定變成代表作，它成為了全球第一家二十四小時不打烊的書店，不管是後來我也幾次造訪的北京三聯韜奮書店、新華書店、Page One 到上海的大眾書局，都晚上它幾百、幾千個夜晚。

Lewis Buzbee 在《如果你愛上一家書店》裡，曾寫過一個想法：「一個書店，就是一座城市，居住著我們日臻完美的自我精神。」我認為，比起一間酒吧、一間餐廳或一座公園，以書店化擬城市，確實最貼近內心，不是說其他日生活與夜生活不足代表人的內心活動，而是書店能如講堂般，允許了不間斷地日講夜談，包含了無數大音接近希聲。不論那夜我所講的內容，是否在任何人心裡留下一些字句聲音，但我從未忘記與某人告別，轉赴夜間講座的揮手，也無比清楚記得與所有在場的朋友與讀者們，相逢時的揮手，原來揮手，是你好也是告別，它也是這間書店最後教會我的事。

世界

當你讀到這篇文章時，後來接棒東區二十四小時書店的另一間書店，應該也在信義區結束了營業，總不讓夜歸人擔心，它又在另一區點起了夜燈，這麼多年來，台北城裡尚沒有一個夜晚是沒有書店的。

壽命與紀念都是將時間量化，量化或許是面對時間人類唯一能做的事，如此整理與記憶，才不致在時間的巨大裡慌忙於自己的渺小愚昧。就像天文學告訴我們，宇宙的形成比你所知的更早，早於眾神、早於童年、早於記憶，因為那場引爆創生宇宙的大霹靂，距今已有「137.99 ± 0.21億」年。那麼上個世紀裡的一切，不管是夜間書店，或者其他早早流行過的文化與次文化，都在我成熟到能在夜裡上街、翻玩品牌學派前，就已完成了它們的華麗爆炸。其他與後來那些，我們的所見與所玩，不過是世紀末煙火大秀遺下來的殘燼。

那些舊日子裡，有人以當時的敦南書店為藍圖，用電影鏡頭拍下了一夜台北；舊日子也是好日子，我還是大學生，在那間書店無意買下了馬來西亞作家黎紫書的小說《告別的年代》。預言一般，與小說情節無關，卻揭示了成人後的年代，就是一連串無可還擊的告別。告別一直延續至今，我們總在與人告別、與情離散，說穿了都是與時間周旋。不說其他，有些告別無聲，卻在過後才在心中發散巨大的空落感，卻早已無地可歸、無處回首。

你以為我要跟你談人，但我要說的其實是那些愛過的咖啡廳與書店。

回顧舊日，我在陽明山讀書的幾年歲月裡，經常在機車座上長按煞車輕滑下後山，在天母忠誠路上的書店裡打發那時籌資豐厚的時間，抽屜裡厚厚積了一疊它的發票與綠色店名紙袋，雖然那時買的清一色是漫畫與雜誌、羅曼史小說、武俠小說，於是收集了幾乎某段時期一本不落的

《寶島少年》、《美少女》與《開心少女》漫畫雜誌，還有一旦過期便幾乎不會再重翻的《*mina*》、《*ViVi*》……早已停刊中文版的時尚雜誌。所有閱讀都是等值的，封面女郎如長谷川潤、梨花和多年前尚只是雜誌專屬模特的水原希子，沒有一個的美，是重複與單調的，就如後來才識的那些日本女作家相同，向田邦子、山本文緒與林芙美子的好，也說不盡與無法重疊，這些都是書店於我的餽贈。直到離開山頂，繼續讀更多書與寫更多字後，某一年底，我輾轉在新聞裡讀到：「天母忠誠店租約到期，結束長達十九年的營業」，已是營業最末日，不及告別。那時是我第一次意識到，書店也終會與人告別，果然不是所有感情都會有始有終。

早於舊日，我尚無感與無從難過的書店，還有老家街後的「新學友」書局，以及豐原奶奶家附近的「三民書店」，它們也都或早或晚的告別了，有些告別隆重、有些則無人知曉。舊日子的天母書店，如今有量販集團進駐；新學友故地則先成了百視達、再成為連鎖壽司店，旁邊一排文具與小書店也俱變身為餐廳，成了台中火鍋集團、飲食集團的一條長街。原來所有的知與不知，都比不上買一口飯吃實在。

於是，又是告別的年代。書店的消失似乎趕不及新書店的誕生，城市的書店，並非只有一間，就像城市也並非只有一座。二〇二〇年，疫情還未開始，就已有無數書店告別，同一間連鎖書店集團在台東與安平也停了營業，更別說小書店與二手書店的落幕，像是時間裡有一片野草瘋長，蓋過層架書櫃、樓台水月。如今，我也經常在網路電商買書預購，但實體書店於我的存在意義，遠高於買賣。在書店買書，挑選與試閱，那種身體上的興奮，讓書店不只是商業模式，更是一個心靈的文化地標、城市方位。

年少時，某一年的敦南書店進行了大改裝，我也曾在此。大學時最好的男性密友，很長時間都在未改裝前的敦南書店二樓咖啡店打工，於是我也常出沒那一間半開放咖啡館，無數次坐在同一張吧台般的長桌，說不定曾經與後來的朋友、情人、仇人並肩，只是那時未及認識，如今無從知曉。

不說哪一年的事，說起來太像前生。

那一年，我與咖啡廳友人交好，經常在打烊前來咖啡廳等他，一邊聽他說著哪個同事無比美型、一邊試喝著他練習拉花的拿鐵，喝到夜裡心跳如鼓不眠。但那是我與敦南書店最緊密的一段時間，也如密友一般的在化妝間補妝，等朋友下班跳舞、打量深夜書店裡的男男女女，如此丈量城市的深與廣。那年的朋友，坐困煩惱，原來新世紀裡，人們依然陷於該怎麼說服自己並不喜歡女孩，而是同性男孩的苦惱。直到我們又因為其他煩惱離散，我背過身往更北方走、他回頭返去南方，南方的難、未來的難，成了推我們加速離開深夜咖啡與書店的推進器。我們都走到了沒有夜裡燈火的城，因為他總告訴我，當城市進入午夜，書店就是燈火，卻不是每座城的深夜都有那麼一間書店。那一年，台北的夜燈，在我們腳底灑下星火。

等到他終於坦然在社交帳號與男友牽手，已是相當多年後的事。我也從代官山蔦屋書店的濃拿鐵，再一路喝到了英國大型連鎖書店 Waterstones 的 Flat White。卻怎麼都喝不出那一年、那一杯，拉花拉得像抽象畫的拿鐵，氣味豐潤。敦南的正式告別，也是我與他年代的告別。打開與他的臉書對話框，對話停在十年前他的東京旅行。與男友合照，角度完美、抓髮完美、粉底完美的他，輕輕貼了一首〈親愛的你怎麼不在身邊〉給遠方的我，我沒有回應，當時可能正心碎於其他告別。

有些人從此像是只活在手機網路裡，卻真正地在生活裡死了。而我說的是自己。總之好與不好，都推給逢魔時刻，某些年像大限，總要相逢如魔一般的人，這裡說的魔，還是自己。被魔住成為不堪、成為傷害，回到如今，相隔十年、相逢太久，說起來又太像前生，所有好壞皆回無可回。

因此我越來越不知道怎麼書寫，應該說，不知道怎麼寫好的事與壞的事，於是寫著寫著就無事可寫，能寫下來的，都是無事。

敦化南路

每個人都在書寫的三十歲，稍微走過一段的我，想誇誇它新且好，像是新的時間單位，跨過去不是老去，不過經歷一場春雷，讓我從十年的、長長的、寒冬的夢裡醒來。第一次張開雙眼，卻看到愛人一個個老去。陪我整整一生的老狗，在老家的地板上躺著躺著就要忘了呼吸，林沖夜奔那般破開霧中公路的我，卻沒有在見到她時哭，狗子倒是像哭了一般，眼神亮得驚人。我替她選了座有大樹與花的郊園，沒有其他標準，只一個，我也會想在那樣的地方睡上一覺。如此，成了無狗之人。

若要獻祭出一個明確年份，三十歲以後，還是得回到第三本書出版的二〇二〇年。我在夜講堂區長長石桌坐下前，決定走去咖啡區外帶一杯拿鐵，希望遇到一個不太會拉花的店員，卻怎麼也說不出口對舊友的想念。那本書的完成，是一次身與心的極限運動，把字像是在手機螢幕用兩隻手指縮到最小一般，我想像跳躍時也得把身體縮到最小，再以輕巧的指尖落地，吞下膿傷壞血。在北國書寫整本書的過程，我經常會在下午前往當時居住的小鎮裡唯一一間書店，餐具回收區永遠凌亂，坐下前要先撥開桌面的麵包屑。那時我以為永遠不會再回到台北了，離我第一份工作時租賃在敦化南路不遠處的房間，像是隔著一段殖民史，卻不知哪裡才是故鄉與來處。

在下午才能書寫的時間裡，我幾乎不離開座位也不分心地連著寫幾個小時，從論文資料寫到書評，要寫什麼我都願意，再像是趕著日落或是午夜般的回到屋裡，回到問題。「妳又去寫東西了嗎？」、「沒有，只是去了一下超市。」書寫是禁咒，唯一一間書店裡頭當然也沒有華語書，某些下午才能短暫解開封印，既然如此，就不好寫得太傷、說得太清，笑鬧中的音樂祭與青春舞曲，把人送往彼岸，離現在越遠越安全。

書終於出版時，我回到台北、回到故鄉城市，在高鐵間將手機關成勿擾，逃離與斷開了另一種封鎖，卻不知轉身馬上又將陷入一整座島的三級警戒中。敦化南路往忠孝東，賣著捕夢網或是手作耳環或是異國風情的小地攤，像跟著我前行的步子，一攤攤收起，路還是來時路，卻攤破了來時路。我在講堂結束時，接了通電話，接著說了許許多多的髒話，與所有人一樣只能往下一年、下一日走，即使大疫將來，也不要回頭。

就這樣累積了成萬成萬的字，話卻說得更少了，社群的貼文頻率也從一月數次，轉成了整年才一則，幾則貼文後，我來到現在。

這幾年裡，我終於決定定居台北，或是說，終於回到這裡。每個月裡有幾天需要進錄音室的工作，錄音地點離敦化南路不遠，有時我會在附近買些甜點送給來賓，作為一種無法說得太多時，表達感謝或是喜歡心情的具象化。那天正從某間甜點店走去停車場，經過一處圍著鐵皮的空地，轉頭才發現是敦南書店曾經的所在。發現遺址，不過如此，我沒有停留就往下一個行程走，耳機裡剛好隨機播到那陣子開車常聽的〈敦化南路〉。

像是穿越與轉生，人在劇變中，總還是有許多不變與頑固，比如我對選秀與 HIP-HOP 的著迷，依然如前。那一季的大嘻哈裡頭，Gummy B 年輕卻肅然到幾近老成的演出，是我心中的冠軍。詞不是什麼稀罕的絕世好詞，技巧當然也不如華麗的練家子，但他真誠如詩，詩與歌一體，人與情共震，近乎吟唱地重複著：「當我再度回到這裡，空氣依然霧濛。」

時間也把我沖個徹底，「敦化南路」這才有了意義，遺址忽然拉長與路樹同高，原來曾有高樓起。我聽見義式咖啡機運作起來的聲音，朋友、情人，老的舊的錯的都在這裡，城市的名字、書店的名字、他的名字與我的名字，在義式機裡跟著凝縮起來，成為一句咒語。當我再度回到這裡，從前的室友、早餐店都已離開或轉讓，耳機裡就這樣來到了最後一句，男孩說永遠的敦化南路，眼眶都還沒來得及熱，歌單就跳到下一首。英國樂團 Daughter 七年後的新歌，決定這樣跟我說：

I won’t hold you back
Time throws us along
And there is never just one human
That the heart should lone belong
And you won’t hold me back
We cannot quiet fade beneath the centre of the stage
So, I’ll meet you on another planet if the plans change
Be on your way

如果真要在另一個星球上，才能再相見，那麼先不管我們是誰，總之只能上路。發動車子，拔下耳機，車裡的藍牙接唱了這首歌曲，每個人的記憶都有時差，時差產生孔隙，所以人才能在時間裡存活下來，才能在這告別的年代，不斷記憶，不斷往前。

而我說的人，其實是自己。

我們都是美國女孩

在串流看完《美國女孩》的假日，說是假日，其實已很久沒有真正休息，幾乎像是不用戴口罩上街的日子一樣，身體並不記得，不記得還是有好處，人生總不必那麼辛苦。看電影前，讀到友人先一步的觀影心得寫著「每個人都是美國女孩」，心有不解，看完後卻能明白，並不是說如電影情節般，每個人都當過小留學生、轉學生，或是仍被上一代那種相信某事、某物、某種如美國夢般一切都會成真的巨大野心逼壓成長的經驗，那種相似其實來自童年的惘然與枉然。

童年的乍醒，不一定總在成年之前，甚至有些人能如彼得潘般飛翔終世；只有醒來的人不語，因為懂得了心疼，何必驚醒他人。童年兩字最深情的解法，對我來說是：「曾經也是有狗之人。」當然最初的我，也只是商借與偷偷摸摸玩著別人狗子的小孩。幼時奶奶家裡有間套房，半租半借地讓當時還年輕的叔叔與女友同居，房門始終緊閉，門縫裡整年不斷地流出讓經過的人腳趾一涼的冷氣，我經常帶著盛夏的腳底濕氣，來回經過他們房門，躡著聲音貼在門前被沁得冰涼的瓷磚，順便等待那隻狗。

喜歡那隻狗狗的波浪長髮，她像是經常進出美容院的女子，還能住在以我當時理解只有百貨公司能這樣涼爽整天的屋子裡。更喜歡那隻狗狗的名字，雖然長大後才知道「可卡」是她的品種，而非姓名，品種如此無情與無聊，將狗像人般分得粗淺，可是每隻狗的可愛都是與種類無涉的無敵不敗；那時我總偷偷在心裡喊她「可卡」，不知其他大人是因為不在乎她是什麼性別與名字，就像路上喊著那個老外一般的叫著她，是「她」不是他也不是牠，即使現在我都沒忘。可卡之後，叔叔與他的伴侶又養了另一隻狗，我依然不知道她的真名，但卻能夠更簡單地叫著她，因為動畫《101忠狗》的熱映。那隻大麥町有至今我所有遇見的狗中，最最溫柔的眼睛，溫柔不是深情，而是像懂了什麼般，不因萬物驚擾的平和看待人與屋的變換與恆常。叔叔後來搬離了老家，留下終於打開房門的屋子與那隻狗，她成為我父親與我共養的第一隻狗。

我們陪她散步，在太陽不走的午後替她洗出一身泡泡，短毛粗厚能刷出非常綿密的泡沫，她總淡定坐在巷口，叫她伸手時會先看你一眼，再緩緩舉起她的腳掌任你搓揉，那是種被賞賜幸福的感覺。童年還沒完結，卻也知道父親不好，家裡吃不完的飯菜被特地留下來，有時還會加一勺大骨湯拌在一起，飯菜鹹香就這樣給她髒吃。她老了後開始掉毛，再刷不出滿身泡沫，我知道是父親不好，就像他的諸多不好，可他總是父親，我總是想成為女兒。

那隻大麥町老到不再能追在父親機車後頭，躍足如飛行之後的某一年，父親帶著我去熟悉的檳榔攤聊天，那是我未與人說起，心中卻十分私愛的一處回憶地點。檳榔攤老闆與父親總在小小的塑料屋旁邊那張半露天方桌上泡茶，而我總會躲進小屋裡頭看老闆娘包檳榔，泥紅色的石灰混進各種中藥、辛香甘料，鋪在平平的鐵盒中，被抹刀一層層抹平，直到厚度能剛好包進檳榔中時，再以小刮刀縱橫劃出一格一格，接著老闆娘會以一種萬千次練習後而臻至精準的手法，將整盤紅泥如砌一座家屋般，包進每個果實的心，那種配色與那種氣味油畫般在我的童年圖畫。直到長大才明白，塗鴉、圖畫、繪畫各是不同階級，紓壓般用的菸草與各種食物，比如檳榔與雪茄也存在階級。可我依然無比珍視那時所感受到的質地，就像用帶著咖啡色漬印的老舊馬克杯泡的茶水、像在檳榔攤等雨變小時一顆顆幫忙裝盒美如手工藝的檳榔……它們的香氣與濃度，都是一種在知之前，無知強悍的美。

人也因著各自的無知與知，被分了階級，我對於所有物種與物質的分層，在很後來時已確實麻木，萬般人事裡，只始終不能接受狗狗被這樣觀看。在我與父親密集去檳榔攤的那年，他固定先載著我到附近球場旁練習直排輪，我並未加入任何相關的運動團體，只是單純喜歡這項事情，就像後來我所喜歡的每一件事情，都是我個人的事。溜上半小時後，父總會帶著我去檳榔攤喝茶聊天，某日我們在一旁空地，撿回了一隻迷走於大雨中的落湯老雪納瑞，後來帶他去看獸醫才隱約猜想，或許他並不是走失，而是因為年老與一口爛牙被留在雨中。我們養了他，他雖已老，卻美得驚人，鄰居都猜或許曾是犬舍配種的狗。在他更老後，一次親戚帶了自己的雪納瑞來家裡玩，他們竟有了孩子，老雪納瑞這一生活得實在精采。

那一胎小狗誕生時，我已不像小時經常往父親那裡跑，母親說的話與異地讀書成為了物理與心裡的距離，在奶狗們奶臭與血腥氣尚未散的一天，我回到父親家，遇見了我的第一隻狗。

她有我的名字，能睡在我的懷裡長久，第一次睜眼時見到的就是我。她通身是深灰的胡椒色，沒帶一絲雪白，卻是那時直到現在，我所看過最好看的狗狗。

我騎機車帶著她、坐客運時她待在大包包裡面不吵，陪我在上了國道燈變暗的客運座椅裡偷偷相擁，年少活不下去的許多日子，我帶著她獨自騎車去鄰鎮的肉包名店，她一路乖巧地趴坐在我機車踏板上，那時的肉包與她，都是救贖。我陪她經歷了第一次初經與看病、手術和旅行，替她刷牙穿上月經來時的小褲裙，就像她總陪著我走過與不同情人爭吵，再逃離的霧中歲月一般。

滿身傷痕的我並不是一個好的姊姊，許多旅居他國的日子裡，我知道那在她的世界叫做拋棄。她如何知道我某一次的轉身下樓，不是永遠？既不確定，那便次次都是永別。所以每次的再見，即使只是我從便利店與聚餐回來，她都像是哭著一般的嗚咽迎接，那只屬於她的頻率與震動，我到了異國遠方，都能在深夜不斷聽見，不斷抱歉。

電影《美國女孩》裡有這麼一段，主角姊妹回到根本不熟悉的故鄉後，處處不慣，直到有天被媽媽帶去双聖餐廳，她們點了一客香蕉船，只吃一口，便知道那就是她們思慕的美國味道。看了電影後的我，故鄉的双聖早已歇業，我去了台灣剩下的最後一間，平日中午點了份午間套餐與冰淇淋，三色豆與奇怪的勾芡淋在我的雞排上，冰淇淋吃來結了薄霜。

我在沙發卡座裡想她，才驚覺走錯了地方，屬於我們的味道應該是小鎮的肉包店，我吃一大口、她吃一小口。我把香蕉船推開，開始與她說話，當我終於回來家鄉，她已成了比她爸爸還老的小狗，呼吸變得弱極的那晚，我父親從老家打來，說她就要不行。電話裡，我與父親對罵到痛哭，怪他怎麼不早一點說，他說，說了妳又能怎樣？妳不要趕回來了，太累了、太晚了。

夜間的國道上，我與先生一路飆行，中停休息站時，我衝進廁所嘔吐。

夜行快車以一種雷馳之姿衝開當下，坐在車上的我只能繼續接住記憶，而我這一生竟從未下過這台車。我吐完、漱口、繼續趕路，等我終於見到她、抱著她時，她已有了死去的味道。

童年早早衰亡，她睜開眼睛我卻又能回去。我向她說著對不起與謝謝、愛與喜歡、悔恨與記憶，感謝她這一生的開始與結束，我都在場，最後將頭埋進她的耳後，一邊聽她辛苦的喘氣一邊告訴她：「辛苦妳了，偷偷跟妳說，姊姊肚子裡有了一個小孩，他一定也要愛妳。」

不是「也會」，而是「一定要」。世界上只有一種關係，不需要公平，我與她之間，她不需要付出，不用愛任何人如我，不用在乎哪一種毛色的雪納瑞比較優良，當然也不用負責道別與傷感，這些都交給我。因為她是我的女孩，我們都是美國女孩。

土星環

總是有這樣的樂團，說不上熱愛，卻始終存在播放清單裡頭，就像愛爾蘭樂團「U2」給我的感受，久違地隨機聽見，也像重逢老友。U2的第十二張專輯 *No line on the Horizon*，使用了杉本博司以長時間曝光構成的海景作為封面，海平面之下，藏有這麼一句歌詞：「Time is irrelevant, it’s not linear.」（時間並不相關，它們不是線性的）時間當然不是線性的，它們是一個環狀宇宙、是一個首尾相接，沒有起始、沒有終點的過程，或是一個有機的「故事」。故事裡有你我的版本，故事裡有死亡與孔隙，故事裡的時間單位，也是說書人說了就算。

所有我說過的故事、寫過的字，都至少有兩個版本，而不論哪個版本，它們依然是屬於我的，每一個被寫下的情人與仇人、父與母、你與我……即使把筆放到最輕，叮嚀自己要溫柔翻閱記憶，它們總無法擺脫一種暴力，因為始終充滿著我的聲音，就像一部電影幾乎不曾屬於演員，它是編劇與導演的故事。真正真實的當下，屬於我與他人共享的故事，已不可追。

有時人們並不意圖代言，只是除此之外、除了自己，竟再也沒有能連接「當時」的任何人事了。可能很接近法國哲學家列維納斯所說的這段話：「時間的他異性位於一個永恆而不可追憶的過去，一個永遠在過去的過去。」列維納斯是海德格的學生，他一生都試圖在海德格的世界裡，重塑出自己的時間觀，時間觀說來無所謂，但說穿了它就是每一個人的哲學觀、世界觀與一切觀。我不一定同意列維納斯（或海德格）對現象的詮釋，但從第一次讀他，我便確認他無比靠近我對書寫這件事、對散文所有想像的邊界，他在《時間與他者》裡頭寫下的許多段話，都可以額外拉出上下引號，將主題冠名為「散文」或者「時間」，比如他也說過的——死亡：

> 什麼是死亡？死亡不等於虛無，也不等於永恆，因為沒有人見過死亡，所有這些都只不過是對死亡的幻想和預設。死亡唯一的真理只在於：我們對死亡一無所知，這便是死亡的明見性。

死亡果然還是特別的，它同時代表著終止幻滅、可能的重生與需要聯想的永恆。而在無數個已完成的不同版本故事中，我試圖提供一個因為碰觸了死亡，才得以重說一次，像卡帶換面播放般，從遺憾到殺害的反轉，一個散文的反轉。

卡帶翻面，第一首歌，擦掉結局，讓我再從大路的故事說起。

年少時，我在北方認識了男孩大路，大路喜歡唱歌，而他唱的第一首歌當然不是U2，如果沒記錯，應該是中國團體「筷子兄弟」的歌〈老男孩〉，關於時間，歌詞說它如同奔流的江河。又，如果沒有記錯，那時KTV包廂桌上切的水果盤裡，似乎有著幾片哈密瓜，而西瓜果皮被雕成了龍……可是關於記憶，許多時候，我寧可自己錯記，也不要像是在黑夜的舊校園裡，走了很長的路，回頭才發現同學老師都散了，只剩下我一個。別人都走了，我還站在那裡，沒有人一起回頭看，看當時到底有沒有月亮？記憶跟時間不一樣，無法一個人說了算，若只剩你記得，那記憶就不算數。

自那首歌的前後算起，老派的計算法則，大約會是十年（decade）。

人類世裡，年月日時分秒，時間的單位真的足夠與周延嗎？經常這樣自問的我，不久前，在這篇文章第一次被書寫時（是的，它多次被我書寫、被未完成），曾在網路上看到台科大的線上設計平台展「Designed possible world」。藉由設計物打開各種可能世界，其中也有關於時間單位的一次建議，設計者提出了「擴展的時間單位：另一種世界可能的樣貌 Extended Time-Unit World」。一天可以不只是二十四小時，二十四跟小時都可以顛覆。因此在原有的時間單位「小時：分：秒」前後，加進其他時間單位，變成了看似有點複雜的一串：「X:GP:HR:MN:SC:kf:i」新單位列。展覽強調當地球超過七十億人口，就該有七十億個不同的世界，比如在第三區（製造加工區）裡，因為對時間精度的需求提升，時間單位就成了——「microbuzz」，像是一只微型鬧鐘般提供了 8sc／16sc／32sc／64sc 四種不同的單位，時與天消弭幻滅。

分區就像電影《鐘點戰》或是《飢餓遊戲》一般，依據產業型態、生活步調以及生產特性各自不同。我在展覽介紹裡讀到了一句話，感覺像是有人窺探出時間天機：「我們不將世界的樣貌完整地刻畫出來。」感謝人們允許，不必將世界的樣貌完整刻畫出來，我才能將這無法安放的十年，將未完成也變作一個「我單位」，進入了土星時間。

土星時間裡，大路成為了我在幾個不定國家、城市遊蕩的人們裡，唯一不再老的。雖然男人女人來自不同星球，一本書都不曾讀完的他與當時只懂得讀書還不擅長說話的我，卻因為發現彼此星座，共有著那顆屬於我們的生辰土星。以此我們跨越餐桌酒席，腔調和口味，決定聚在一起感謝土星。預言一般，某次我們聊到童年與遊戲，他帶著濃濃腔調，分享小時候曾與他亡父玩的遊戲機，當他說出「土星」（Saturn）時，我轉頭確認，以為他說的是撒旦（Satan）。

Saturn、Satan，也算接近。從小看到的占星文章裡，總要把嚴肅與寂然塞給這個其實說不定沒有人想當占星師的星座，雖然土星被兩個星座共享著，但其中只有摩羯有著山羊的蹄角，更似魔鬼頭爪。土星是第一大凶星，它冷漠延遲而滿是壓力，可在我與大路的交談裡，那些只有彼此才懂的驚險玩笑，像是在大煉金時代裡，深信鉛代表土星的人們一般。或許，我是說或許，當一個人足夠癡傻就能把鉛變成黃金，這種反諷，就是土星專屬的幽默。

相信時間，也是癡傻，比這更傻的是抗拒時間，我們總拿著死亡之星說笑，他說自己最愛的電影角色是《駭客任務》（他的版本叫做《黑客帝國》）裡的尼歐，並且他猜尼歐的星座應該也是土象，我卻覺得尼歐是非常風象的存在……換到我的時間，我與大路分享童年最愛的漫畫《美少女戰士》裡的土星代表——土萌螢與她的沉默之鐮，當死神的鐮刀倒轉，時間被盡數毀滅與重寫，如此華麗、如此終極，當時我們沒有都意識到不論是尼歐選擇的格式化，或是土萌螢的「Death Reborn Revolution」，它們都指向了一場死亡，我們還太年輕以致誤解了死亡，覺得那不是我們的事。

大路以為愛情是他的生命之金，卻不知是愚人的黃金，就在我與共同好友從島上祝賀他新婚寄了包裹嚴實的香檳王給他與妻子的隔年，他把自己吊在了朝陽區最貴的酒店房間。我打開許久不怎麼響起的微信，是一串長長的友人訊息，要多堅決才能把自己掛起來，如同一件剛洗完的衣服與一張無風時的鯉魚旗？我曾想問，大路究竟把自己吊在了房間的哪裡，在許多戰爭傷痛的回憶錄中讀過，當一些人的死意不可撼時，也能以跪姿完成了斷，不管是懸空或者貼地，他都沒有留下回頭路，把自己與一切都丟掉了。

而我始終沒有問起細節，因為無人真正在場，即使是後來趕到的房務人員或者家人，都只留下了屬於自己的死亡現場，大路早已不在那裡，他所經驗到的死亡，永遠只屬於他一個人，這才是死亡真正孤寂之處。死亡劃開了線，鐮刀轉向下，從此生者的時間才被叫做其後與餘生。

讓我們航行回土星時間裡的某一段，單位誕生之初，較好理解的說法是我離開北方城市的隔年，二〇一四。U2發行了一張新專輯 *Songs Of Innocence*（純真之歌）。倒不是因為死忠才跟進了這訊息，只是因為當時所有的 iTunes 用戶都可以免費下載這張專輯（只要你開啟了「自動下載」功能）。因此，每次點開或連結到其他裝置時，我的所有音響都曾自顧自地放起這張專輯，就這麼聽出了哀愁。

裡面有一首歌叫做〈Every Breaking Wave〉，在大路離開後的一次夜行的隨機播放裡，我終於聽出每一道碎浪的不同。它們至今都像大路離開時那樣，裂解在我心裡，比破掉的蛋殼與鞋裡的碎石，更少出現、出現時更痛。當土星時間的尾巴拖得比掃把還長，我時不時會想起這首歌：

If you go

If you go your way and I go mine

Are we so
Are we so helpless against the tide?
Baby, every dog on the street
Knows that we're in love with defeat
Are we ready to be swept off our feet
And stop chasing every breaking wave

歌曲被植入總有它的理由。你走你的路，我走我的，不是嗎？但原來在不同的路上，街上的狗狗都看出了我們（各自）愛上了失敗。這就是土星時間的奧祕，土星它笑得反諷。

說故事的奧義在不論什麼文體與敘述者，總喜歡錨定出一個壞人，或至少是相對錯的存在，錯的時間、錯的人與話語。我無法得知所有人的記憶，因此無法評斷真正的惡魔是撒旦、是拿走大路一切的妻子，還是一起騙他開店、借貸的友人，無人知曉。我只知道他選擇與時間抗爭的方式，終究是如此反諷的黑色幽默。土星的一天，不到地球的半日，這也是這十年多，才被測定出來的數字，因為土星的自轉軸與它的磁場一致，沒有固體表面的它，最終是被科學家們以「土星環」的波紋，測出了土星日的長度。就好像大路，被以他者生命的長短價值，賦予了短短一生的評價，然而在土星裡，一日就是一日，不需要其他對照，反正那些星球都太遙遠。

大路也無從知曉我的土星時間，在那十年一段，只要換個敘述者都可能互為魔鬼的關係裡頭，我們像是背過身沉浸於各自的副本，若是通關了，可以多年後把它當作電影角色般，再與彼此分享。可惜，那幾乎如同成年禮般盛大的關卡，卻也成為了最失敗的一次通關，我們卻都保有了某種辛苦頑強卻必要的尊嚴，於大路，是他無法低頭的出身與闊氣；於我，則是依然是要當一個艱難的敘述者，我總想寫一本沒有錯與對的書，若非要有，那麼可以是我。只論結局，我或許沒有身為北方人的大路驍勇，時間收關後，亡者為零；但若是以傷痛計，我總能在夜裡察覺同一個身體裡面，已不住著同一個人。

病體與傷痕會好，更何況從未有真正的傷口，謊言與惡語被一本本新讀的書覆蓋，土星時間的後段是我生年以來，最少電影的一段，因為串流的覆蓋、因為疫情的停滯。我想起最後一部與大路聊過的電影，是離開北方時才剛上映的《一代宗師》，第一次看與如今再看，也幾乎是不同的電影。那時我非常篤定地跟大路（甚至是所有人）說，王家衛眼裡的一代宗師，不是梁朝偉演的「葉問」，絕對是章子怡的「宮二」。那是導演與演員如同愛侶般最好的時光，每一種組合都只有短短一到兩部電影的可能，以王家衛來說，與張曼玉如同量身裁衣的《花樣年華》、看殺張國榮的《春光乍洩》、梁朝偉以眼神救世的《2046》……都是鏡頭在深愛一個人，而那人也熱愛被如此注視時，才能完成的濕吻。

大路有沒有再看過第二次《一代宗師》，同樣無人知曉，關於這部電影，當時其實也只留下短短幾句閒談。他與我同時猜測宮二與葉問的星座，他說宮二好絕，應該是個土象吧！我順完整部電影的對話後，跟他搖頭，土象才不會跟人說什麼，世間所有的相遇，都是久別重逢，整部電影可能的土象，或許只有宮二執著於「見自己、見天地、見眾生」的父親。土象之眼，拆解的世間相遇，充其量不過是相撞在街口。宮二與王家衛的水象，如此明顯與相似，他們都是會在月光底下溯水而來，看上一眼就走的人。也因此王家衛才為這部電影，如此回答過媒體：「為什麼武術叫功夫？功夫其實就是時間。」

一部電影，也是某些人的一段時間，雖不是紀錄片，也不是小說，更像是一種散文體，王安憶說過的那種：「生命多麼有限，感情也就多麼有限，要多了，必定是摻了水的。」所以我從不怪喜歡的導演、歌手、創作者慢，有時三、五年，有時十年，那種種人世時間標的法，不是責怪或比較，只是一種相對，從舊我到如今，從別人說的時間走到自己的時間。

冥王星走入摩羯十五年，直到二〇二四，終於將告別進入下一個星位，我們纏纏綿綿地將舊時許多執念與古老更新，如同新生與死。三王星與土象之星，說來總是帶著一些凶險，但生門與死門經常藏在一道。也有人常常說起星體逆行的可怕，卻忘了任何一種的逆向，都是洄溯，都是一次又一次與那不可說、不可記的往日，坐下來進行的精神治療與促膝漫聊。

不再能跟大路聊天以後，幾次不小心滑開過他當時妻子的朋友圈，短短幾年，她再嫁生子，從當年曬旅行與名酒，變成了精品包與豪車的巡禮；也曾看過她在大路百日時發布的一篇貼文，大致上是說，她沒有逼著誰借款、開店、買房，若要說起來，她為那人付出的不一定比較少。說穿了，我們還是習慣在故事裡排一排好與壞的各自位置。

但這次大路與我都算了，不計算也不清算，我只想回頭請你原諒我的不誠實。那段沒有問起的死亡現場，其實當時早已被交代清楚，共同的友人轉述了法醫的鑒定結果，同時補上了他的故事。「死前沒有喝酒（他那麼愛喝酒的人，自殺前竟沒有喝酒）。」、「他是用繩子繫在暖氣上，然後往下坐那樣上吊死的（他就是一心想死）。」大路其實就是存在於所有迂迴指涉中，我唯一聽說過（而不是見過）去意最堅決的那個。

第三次再寫，終於很接近故事的結尾，雖然大路的故事早在動筆之前就已完結。他的孤單、生活與死亡，都永恆地存在了。卻因此攪亂了我的時間，還是想起列維納斯所寫下的：「死亡、愛欲、還是生育。都打斷了自我的孤單，以及那孤獨和一元的時間，這也就說明實存是多元的。時間不只是我自己的時間，時間隨時都有他者的介入，被死亡、愛欲和生育等事件所刺破和分離，而且它們都指向一個完全超越現在的將來，也就是，不只是『另一個現在』，而是代表徹底新異之時間的『將來』。」

既然未來不可抵達、過去不可重現，任憑土星棄毀，銀河流殤，不如把所有土星時間都轉向自己，愛生惡死也好、向死而生更美，握緊了時間就是金鑰匙，鬆開了手，時間不過無盡碎冰走石，飛聚成了我們的土星環。

知道這件事

國中一年級時，我沒有近視，但曾經偷偷戴了一副金邊平光眼鏡好幾個月，從未有人問起原因，甚至是自己的母親都沒注意，它只靜悄地在我鼻骨兩側沉壓出兩個小小窪地。凹沉處原來並不是總用於淤積淚水，只不過是像後來書櫃，被胡塞海填進兩層三疊的雜書，木板隨著時間凹彎那般。

因為想知道一些什麼，所以交換了什麼。

知道自己的長相，其實不是一件簡單的事。那副眼鏡正是我的一知與半解，因為想要「不漂亮」，卻忘了理解什麼人事才是漂亮。當時的密友因為近視加深，戴上厚到幾乎障去眼神的鏡片時，只對我說了一句：「我不漂亮了。」眼神帶過我尚未近視的空鼻梁，她說的不漂亮與漂亮，變成耳光清脆響。等到後來我明白，世間只有未知的不夠漂亮，不存在已知的足夠漂亮時，我們已失散在「知」的後作用力中，互斥彈發。但我知道，按照無聊的世界度量說法，她在遠方嫁得漂亮，可能還擁有一個乾淨明亮的廚房。

在幾乎沒有半件人情世情被我確知，寫字可以大方歪斜、初經沒來的童年，我曾陪著遠房親戚參加過一次台北國際書展。台中女孩逛書展，幾乎像是朱點人《秋信》裡日據時代的老秀才上台北逛「始政四十週年紀念博覽會」一樣心情。我在成年人的胸線高度以下選書，只確知了買書是比自己買晚餐還大人的事，卻沒想到那年書展的自選書，奇巧高明，即使是現在的我，都挑剔不來，世間女孩果然都身懷未知原力。

那時（應該是用壓歲錢）買下的三本書，如今依然壓在書架板上，相比其他相同頁數的書，卻有絕然不同重量。第一本書，與我同年同歲，是《挪威的森林》（1987），那時村上春樹還沒被叫成村上，我更無從知道這段比許多言情小說還不刺激的故事，光日本就有千萬人買下。書展帶回《挪威的森林》後，第一個十年過去，我才迴身讀到村上第一本書《聽風的歌》；又十年，終於知道開章就寫下：「完美的文章並不存在，就像完美的絕望不存在一樣。」他作為寫作者的欲望與自覺，有多巨大，我與這個男人的「知道時差」、「寫作時差」，足足二十年，時差無關年歲。

第二本書，是吳繼文的《天河撩亂》。那年我的私品評文學書展上，它比《挪威的森林》好看上那麼一些，但就只能一些，不能再多了。畢竟當我們談論「姑姑」，誰能高強過《神鵰俠侶》。直到我驚覺姑姑不只是姑姑，時澄的心比羅布泊更廢棄更絕美，甚至為它寫上一篇小論文時，金庸也已離世，小說家成為傳說。或許不知道，才是萬物真理，才能未完待續。知曉後的人與故事，一個接一個凝凍瓦解，不小心讀懂了，字就會成重拳，崩崩打垮時間。

那一年書展，忘了是上世紀的最後一年，或新世紀的第一年，大約都是意義非凡，這個「非凡」卻是現在附鑿而來，當時左不過是一個冷寒初春，書展帶來的心動，怎麼比得上親戚家旁的小火鍋，涮下的那一盤雪花牛肉。牛肉超越時間，就像《美少女戰士》裡冥王星鎮守的時間之門忽然大開。

水手冥王星的日文名是「冥王せつな」，發音作Meiou Setsuna。

「setsuna」意為「剎那」，剎那也是時間，短瞬倏忽，所以無敵。我在書展買的第三本書，是漫畫《美少女戰士》第十八集，完結篇。與畫出《幽遊白書》與《獵人》的丈夫冨樫義博不同，武內直子不脫泥不耽戀，將終始完美融作一體、盛大光熹。ＣＰ值完全超越新台幣定價，與其他十七集一起，成為我搬家裝箱的書櫃定錨寶物。後來的讀物，不論文學、理論，都以摺起書頁為量級，越多摺頁、劃線與自己回頭都辨析不了的潦草筆跡，越是經典。在萊辛說出：「真正的可怕是，二流冒充一流；假裝不需要愛卻渴求愛；或者，謊稱喜歡自己的作品，但明明能做得更好。」以及奈波爾寫下：「我們真正會受到懲罰的謊言，只有我們對自己說的謊。」這些書頁，都被摺出了雙層厚度，更曾恨不得在大江和谷崎的小說裡寫滿私字。

但《美少女戰士》第十八集，必得包著書套，翻頁時要小心壓到紙角。

於我，那是銀河的母體，就像光明總會招來黑暗，它啟發了後來所有的閱讀。即使我們早都知道，月亮不過是微小光禿的衛星，一點也不強大。知識，總不吝為知道招來幻滅挫敗，是為交換。

比起知道宇宙奧祕與生命演算法則，知道自己的溫度，可能是如今最簡單的事。二〇二〇年，疫病現世，久久出門一次，總會不斷被告知體溫，37.2度，是我近日最高體溫，可能額溫槍貼得近了。即使是這樣的知，都帶有風險，寫作與閱讀的知，則更危險。

我曾在小小的文章裡寫過，為何寫作這問題，並不成立。寫作沒有問題，真正的提問應該是：「存活的方式與花費的時間」。那麼為何閱讀，也是如此，如果真要回答，得從那場世紀末（或世紀初）的書展後說起。

女孩長大，搯書寫字，行過遠方，也跌倒也撒謊，每當有人叫她作家，她總會想逃回家。她也終於近視，掛上了真正眼鏡，淚水總在讀書觀影與分離時，流過被鼻墊淺壓出的窪痕。但她非常勇敢，和你們一樣。雖然「知道」得拿東西來換，但依然要讀下去、依然要選擇知道、要知道更多，因為書裡，才有唯一恆常的漂亮，我說的是書，不是作家。

我跟你說你不要跟別人說，在書裡，我見到星星誕生，善惡光暗都平等，不因衡量虛化，不被死亡黯下。

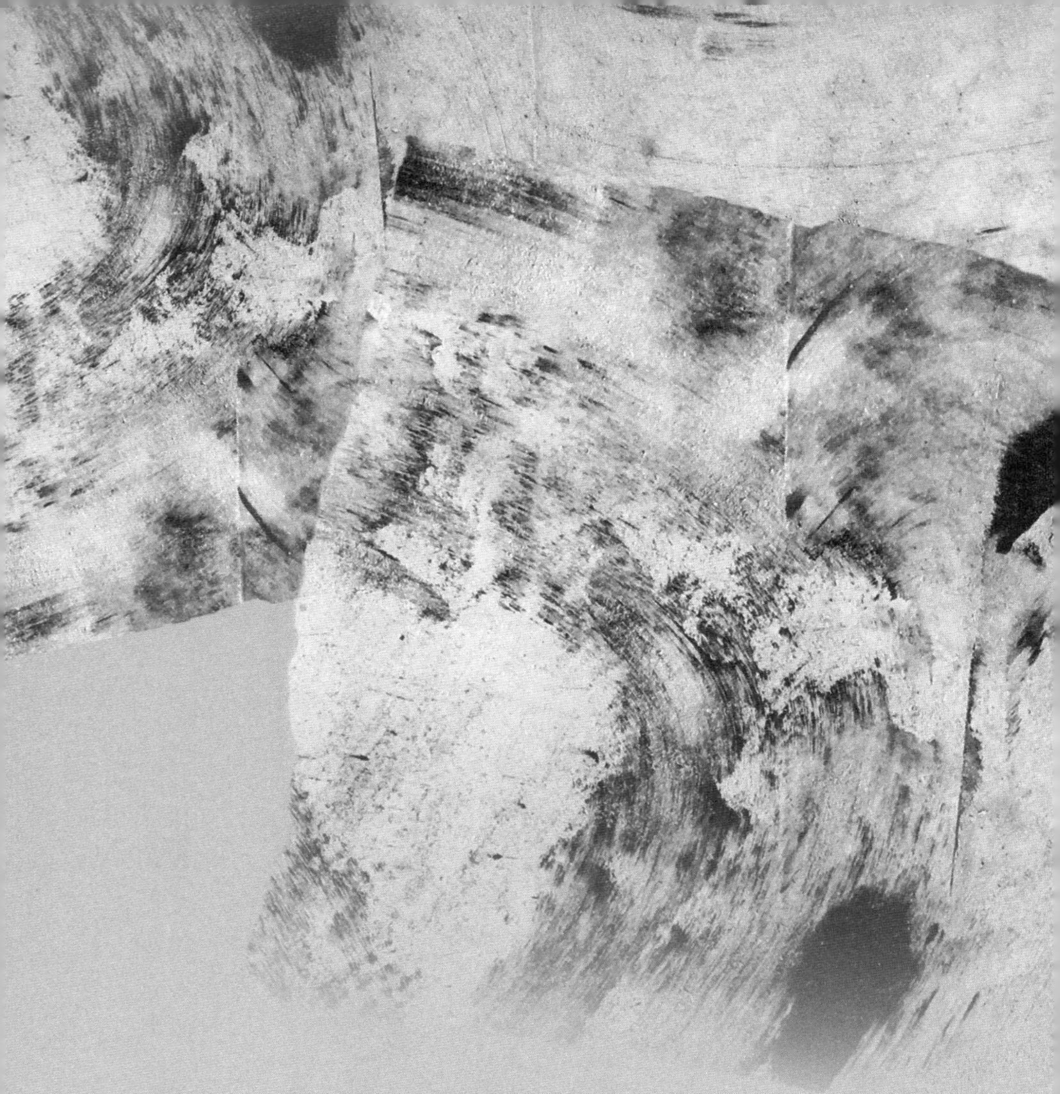

寫作本身也是我逃亡中的逸出，草字畫圈時出現的亂線。

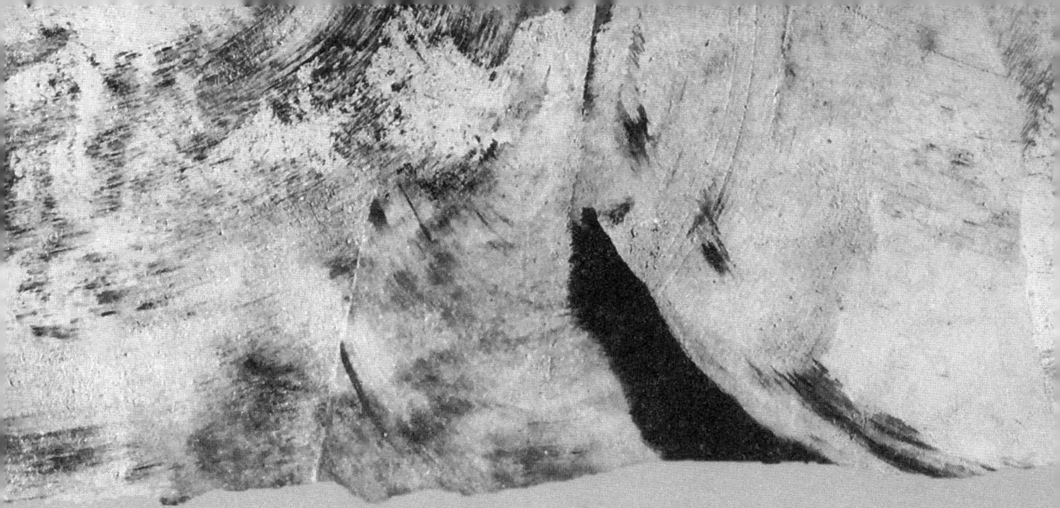

水星與海王星

一個只有我（們）知道的地方

民國不知道幾年的時候，開始流行起「小確幸」這個外來詞。小確幸於日常中，不外是對中小額發票、熱天的冷飲、冬日的熱鍋，或公車上最後一個非博愛座的空位。小確幸取代了真正的幸福，真正的幸福於是淡薄得像是都市傳說，或是徒手畫出一個碩大、完美的圓。也像是與最愛的人不曾錯過，或是沒有說謊仍能喜愛自己、珍視某人，是浮濫到底的歲月靜好，現世安穩。真正的幸福說穿了，不過是還可以覺得幸福。

現世是生活中的大事逐年減少，或是我們衡量大事的比例尺一直加寬，並不是時間在變快，而是你變得更貪心了。小確幸這詞出現後，我經常不知如何以對它，於是決定簡單地討厭起這個詞，討厭低於幸福一階的所有事，我想要能閉眼、只憑手與指便畫出一個沒有缺口平整的圓。然而在走過許多座山頭，古道郊山、高原百岳後，才發現不管多麼吃力汗臭的山頂、百萬夜景的夜嶺，都勾不出一個圓，甚至只是一個不等腰的三角形，從此都是小確幸了。

從此，是之後；就像讀書的日子，得相對不讀書的生活。一路上，我遇見許多人相互問起文學的意義是什麼，也是到之後再之後，我才隱約觸碰到答案其實正是「什麼」，最大與最微處、路長路難路重重，都是為了映照出「什麼」。在走過了許多其他山頭、書本與校園後的我，有時會忘了自己走到了哪一步風景裡，經常翻譯起萬事萬物，翻譯文字、翻譯他人、翻譯記憶，在這些亂譯錯譯的時間裡，圓臉偷偷開始有了線條，那些不細細拿著舊照比對，便不能理解的線條，在我讀著其他不同線條時，偷偷從那些分割、柔軟與逃逸的所有線條旁竄溜，來到我身邊。

有一年時間，我迷上德勒茲與瓜達利合著的《千高原》，那是在我真正去到地球最高原後的幾年。我喜歡高原如球型根莖，把過往文字林樹纏繞成線，逸成我雙眼的形狀。雖然「德瓜」（那時私幫二人取的團名）一次給了我如萬法繚亂的千座高原，卻也讓我抓著了一條逃逸變形的線，像天女舞著繁花，抓著了，才知道是紙花。

「流變是地理的。」你和我說，我說你和德勒茲說了一樣的話，而你並不在場。你沒再說話。因為我們不在同一座高原上，我們有各自想去的地方。

你說千禧年來的時候，我們都還不知道它也會舊的。如今它舊且敗，我關起氣密窗來繼續讀書，風聲雨聲車聲都在外。人人都討厭的二〇二〇年，就像堆壓枝頭的雪，積了一夜，終於在我開門時斷了。其實有點想哭，我總喜歡人人都說不好的東西，因它很像你說的我。我在二〇二〇年開啟的讀書旅程，比起千禧年後的每一年都認真，意外讀到了幾本書，各不相干、互相零落卻神祕有機的聯合了起來，像是想向我訴說什麼。陳宗暉的散文集《我所去過最遠的地方》，甚至是小說如《名為世界的地方》（蕭熠）、《鬼地方》（陳思宏）、《太陽是最寒冷的地方》（黃家祥）……它們先後抵達我的地址、我的書櫃，它們都來自不同的地方，比如未來、比如銀河，也有明確如彰化永靖、德國柏林、花蓮志學、紐約布魯克林那樣的來處。以地方稱呼某處的，原來都因為懷有情感。那些情感，被出版社、賣書網投遞到我現在生活的地方，你不知道的地方。

在讀《我所去過最遠的地方》時，總想起楊牧，跟文字無關，只是剛巧他們都那麼愛那片海、愛那裡的樹。陳宗暉寫，「那裡有我的樹，那裡有我的海。等我回去，等我再來。」讀時鼻頭緊緊的，像是想哭，很不妙。只好抬頭開點窗，風沒有進來，回憶先來。想起了東京地鐵的「山手線」。曾經你和我說過：「山手線繞一圈，還是會回到新宿。」我當時很生氣，為什麼不是新橋？不是日暮里？後來才明白，你之新宿，我之新橋。每個人的淒美地都在不同站，雖然我們所有人都像山手線一樣，總繞著圈，繞圈尋找著，如海明威短短故事裡那般，夜裡長街上，《一個乾淨明亮的地方》。

我不再像年輕時那樣讀楊牧了，他被存放成一個資料夾，而後又被其他的地方與名字擠壓成另一個硬碟，可是也曾在聽說你去到西雅圖時，想起楊牧寫下的〈海岸七疊〉，他以工整詩句慶賀新生：「在一個黑潮洶湧的海岸／我們尋到歇息生聚的地方」。美西的海岸，還有不知道德勒茲的人在柔軟逃逸。我將窗全開，樹影如線鑽進房間，再往前便要進到胸口更深處，黑潮洶湧的那一個，只有我（們）知道的地方。

雖然，我也是在「之後」才聽說的，在我們變成我與你之後，才聽說關於文字以外的一些浪與潮，像是一本永遠讀不完的書，隨著無數次騎車、坐公車再到自己駕車下了那座低矮的丘陵後，不斷被追加上註釋。原來「天狼星比台北更近大度山頭，而打著領帶的那些動物，很少在山上作崇」，後知後覺讀懂了那座我曾怎麼都下不了的小山，也是那一年，楊牧雖未離世，卻也不再作新文。關於幸福與小確幸的不同，楊牧曾寫下某些片段，讓我明白他總是比誰都懂得差異與對照：「在無意中，你會經過許多書本上忽略的篇章，你會長大，甚至蒼老，而且變得冷酷……當風起的時候……像退了一萬步來看一座城市，或即或離，山光水影，不知道自己身處何方，那一剎那就是最甜美的 Trance，懷抱萬種愁緒。」最最同意的一句是，也是想請任何人都不要嘗試翻譯的「Trance」，英文的甜美來自它的多義歧解，Trance 就該是愁與甜的合奏。就像那年山上的人，從前的我，她經常會在夢與醒之間送我一段 Verse，卻不是叫我不要忘記，而是不要翻譯。

但對著從前，即使是自己，我最終都還是將己字寫成了他譯。我以寫作不斷逃逸，不再寫詩、很少寫小說，卻寫起了散文，寫作本身也是我逃亡中的逸出，草字畫圈時出現的亂線。終於，當我把這些生活的大片時光，銜接上字，卻變成了風停時刻。相對於年少時衷心翻讀的楊牧，他把我的山、他的山、我們的山，稱作「風起的時候」。我來不及跟上，只等到了風停的時候，就像誰都會與我一樣，忘了讀詩、忘了某座山林、忘了虛心以待的凝視，忘了從前的戀人……遺忘的前一日，有來自極圈與大氣層上最廣寒的風，那日，波音巨型客機後推、起飛、穿越斯德哥爾摩與大片荒涼無人帶，把我留在島上的恨與最高的山一起丟在底下。我忽然懂了楊牧說起的那些風起時候，就像，我們曾經徒手畫出一個圓。

第一個圓，畫在十六歲的校園。我的東海時光，開始於大學之前，那年的東海低闊如蠻荒風景，二校區尚未建成，整片草原清晨霧滿，蛇在水與草間吐信，整座小小山頭是一片靈野，藏有魔物。再往大度山的西北，遠處有中部的海，它不同南方海的金黃長浪，也不是太平洋那端的黑藍冷海，我們的海極鹹，風腥而暖，成不了大港，也沒有沙灘。即使如此，盆地之上的小丘陵與盆地邊陲的海，仍然不同。即使後來一再與其他高山險嶺相遇，不管是東邊奇萊、南方大武，或再窮極的遠山，它們都不曾超越當時大度山頭，它始終是我心頭最高一座魔山，是我一人版本的山風海雨。那時的我，總在最靜的課堂中出走，穿著制服越過沒有圍牆的中學校園，徑直走進山林之間。找一片沒有人發現的草丘，躺著從坡上緩緩滾落，世界暈眩而天空垂在眼前，把自己埋在帶著濕氣的草間，直到聽見不知哪處的鐘聲，才起身拉好衣裙長襪，拍落草屑走回課堂。可真正的課堂總在遠方，我一直在準備告別，十八歲就要遠行、就要離家。有時，被人發現藏夾在髮後的小小乾草，我總會回答，風吹的。

風把我吹向另一座山，北城郊山上那幾年，生活是鬼魅，聽說山上極陰，山路上常有單人騎士下山超速，收到罰單照片被攝下後座有人。在如此都市傳說間，我保持一人騎車、一人上山與下山，甚至為了貪快，在後山黑如月蝕的深夜，緩緩騎行，從未感覺驚懼於山中有靈，畢竟沒有山是無鬼的。中學時，曾有一次校車緩緩駛出天色已擦黑的東海冬日，我靠窗而座，樹影像是鬼的衣衫，遠處灌木叢裡忽然走過一個透白衣裙的身影，我轉頭向前沒再望去。那時我便知曉，山中有鬼，卻也無害，這是我山的昭示，我山的課堂。

那幾年，我仍確信，風始終沒有停，只偶爾怪自己，偏要走往風吹不進的遠方如塔。遠行之後，還得走向更遠，回顧那時，有一段乾冷而封閉的時間，我好像飄浮在台東縱谷和華北平原之間。一邊顧著往遠處走，一邊卻被至親的離開，拉回家島。從那時開始，我偶爾已吹不到風，聽通曉命理的同伴說，二十五歲開始後十年，我將陷落於自己的苦悶無解，或許將是一生最艱難的十年。那一年，我將將二五。

北國京城，師友自遠方探訪，就像大度山上捎來了風箏，可我這裡漫天沙暴，箏線一碰就斷，只能逃離。逃離進一間間充滿菸味和燈光不明的咖啡店，那是過往從來不曾習慣寫作的場域。敲一個字，就像疊一塊磚，疊上了，卻又有碎石從後方流塌，從那時一直疊字至今，卻只搭建好了一整座雄偉廢墟。或許，那片看不清的舊時殿堂，全不過是死者祭壇，甚至在另一座滿是真正神殿與祭壇的高原上頭，我仍不間斷地在夜間小小酒館疊字。那一間名為「瑪吉雅米」的酒館，聽說是七世達賴倉央嘉措與情人會面的土樓，如今已滿是四方來客，在白日寺院與日光城的夜裡酒館，輪流朝心裡的聖。我翻開瑪吉雅米供遊人寫字留念的手冊，青稞酒的味道早已忘了，卻依然記得上頭的字。「世間安得雙全法，這一世，我不負如來，也不負卿。」笑了整晚，才忽然明白，每個人心中所朝之聖、所轉靈山，各自不同。站在高原，走回青旅的長夜如湖水，像回到了東海，像看到了大度山的樹木和燈火。如今想來，原來這就是懷鄉，**Nostalgia**，還說不上是一種鄉愁，因為那時那地才知道，生命總沒有那麼多的時間與愁可供揮灑。

那幾年，我也將在咖啡館寫字的習慣帶回家島。每當有人說起自己無法在咖啡館寫作，探究上廁所方便與否的話題時，我都全然同意。但至少那些大小座位與好壞咖啡的居所，它們從不問我從何處來，不問我寫得誠實與否，全面接受了我略帶悲傷的寫字姿勢。讓我從這方寫到他鄉，從其一看到全部。從此，也總接著之後，之後果然迎來了一長段沒有空調與水氣的無風帶，風在這十年中間，確實停了下來，我沒有屈指數過時間與風的週期，或許只是因為飛得太遠。

無風的末段，最最悶窒卻怎麼也流不出汗與淚的一段，我去到一座沒有山的小鎮。在那裡，沒有你，甚至也幾乎沒有我。卻因為研究論文的關係，我重新翻起楊牧，其實我不真正認識楊牧，或者葉珊；又其實一個人能多大程度憑藉他人之字，還原他人？或許該試著的是不再翻譯，它並不重要與必要，我嘗試把心留給文字。他寫的奇萊山畔，花蓮舊鄉裡日人曾在的山海記憶，終戰的童年，場景不同卻有一樣濾鏡；一路到他後來待過的東海，總能與我隔著時間與校園，魔幻重疊：「離開了東海，才知道在東海的四年只是我孩提時代的延續。那些美麗的夢幻，那些憧憬都同樣疏落，同樣紊亂。」童年的終止，並不限於時間，或者更靠近一場搬遷與告別。那麼，風就是我的童年，無風帶裡行走時，我總會加快腳步，感覺袖裡還藏著那年從草坡滾落時收起的風，在新山與舊山間、平原和盆地間，不斷繼續著那場十八歲後的遠行。童年排成了遠行的隊伍，猛一回頭，竟像送葬。

袖裡的風，在十年間已悄悄洩光了氣，連我魂氣都要淡去的那天，我轉頭看見群山隔著二十五歲的我們，已過十年。你早已經不是只限於某個地方的某個人，有指向的單一存在，你是他、是山與風，當然也是某個我。後來，也曾聽師友說山上如今連星星也淡了，可怎麼會呢？星星從來不會在人的生命盡頭前黯下亮度，我想應該是山上的天色變得太濃，或許是誰的風也漸漸停了，也無人知曉。

魔山呼喊，我從不同的山回來又走，不知如今是近還是遠了，可總還是要等待，等十年過去，等下一個風起的時候，當有人再問起髮裡的草，從哪裡來？我總要再試著回答，用單人赤足走過的我、不再避諱在散文裡使用的、大寫的我，說：「從一個只有我知道的地方。」

不重要的字

二〇一九年底，我在馬德里尋找咖啡館，原先非常想去傳說中的希洪（Café Gijón），坐坐海明威曾留下屁股溫的座椅。點開 Google，劣評如海，似乎還有人寫下對不起海明威之名的重語。

但我猜想，海明威也許並不在意咖啡，無所謂對不起與對得起，畢竟他是小說家不是咖啡師。除了女人與美酒，或許對於咖啡館，他所求的不過是一個「窗明几淨之處」。從巴黎的「雙叟」（Les Deux Magots）到「丁香園」（La Closerie des Lilas），我也曾一路跟隨，緩緩踱進這些名店的戶外與室內，在寒風吹面與暖氣悶人間喝上一杯普通不過的咖啡，吃上一份更普通的點心與蛋糕。不說冠軍烘豆師或是豪奢義式機，只說家鄉許多巷弄的無名咖啡館，一杯要價不到一半的檸檬咖啡（打不打氮氣都消暑），或是花香滿溢的一杯自烘單品，都在咖啡一事上，做得更好更絕。

可有些咖啡館，無涉咖啡，而是一種「圖特利亞」（tertulia），咖啡並不重要（但絕不能說餐廳的食物並不重要）。這一個西班牙單字，涉指一種文人聚集讀詩的非正式聚會，討論時事、藝術，頗有「沙龍」之感。跟著海明威走進一八八八年開業的希洪，那些店裡氣味老舊的桌椅還曾經坐過更多作家，西班牙內戰期間曾是文學團體「二七世代」的固定聚點，像是達利與羅卡，也都曾在此一起感受「圖特利亞」，而不一定是感受咖啡。

當然，那次的旅行也不只有海明威。為平衡同行人與申請代購的友人希望，相比聽說很無聊的海明威，他們更在意「羅威」（Loewe），從西班牙的精品名牌到形色歐陸名牌，由於退稅後的西班牙經常開出全球最低價，我就是友人們的期間限定瘋狂折扣碼與人肉電商。於我而言，海明威是裡、羅威是表，互為表裡，哪個我才都餓不著。

走去希洪的路，馬德里忽然落雨，同行人掛著剛購入的山茶花黑色紙袋，蝴蝶結細妥地綁起，而我拎著在西班牙更平價的 Mango 紙袋（聽說是旅行歐洲的防搶聖物），不用交換眼神，我都知道他們沒耐心陪我走到那兒了。後來我認命地在ＩＧ上找了另一間熱點咖啡廳，有植栽牆與美人店員，食物總不會錯到哪。點上一顆水波美極的班尼迪克，酪梨熟度也正好，咖啡香厚，網紅發文，歌舞昇平。這樣的太平，就在幾個月後被疫情全盤打散，如今的我既無法想像未曾真正走進的希洪、也想像不來在半月般廣場裡的那間現代咖啡廳，是否人們都戴上了口罩，該如何自拍？

餐後雨歇，步行過麗池公園，穿越莫亞諾舊書街（Cuesta De Moyano），還是經過了希洪，街邊玻璃窗內有老翁獨坐，似乎非常動情的與無人處說話。一對外國情侶與我一起走過，男孩對女孩以英語說道：「真是寂寞的咖啡館啊。」我搖搖頭，在心裡以中文回應，咖啡館只是咖啡館，寂寞的應該是語言、單向的語言，那每個人類都能發聲的，各自寂寞的語言。

其實，海明威教會我的不只是現代小說或現代性的深沉深刻一體，那些事一點都不重要。我說的「不重要」也不只是簡單的不重要，就像疫情中獨坐，看了新版的《小婦人》電影《她們》。影末，姊妹們聊起「喬」與她的創作，當喬說寫這些日常的瑣事，似乎一點也不重要，或許寫作無法提升重要性，而是反映重要性。驚世一句是至簡一句：「寫下來就讓它們變得重要。」海明威一點都不無聊，只是說的故事可能對世界經濟與政治並不重要，就像旅行不能賺錢、藝術沒有效益、文學更不是成功學一般。

讀書研究時，經常碰到海明威（就像世界各地也都能遇到他造訪過的酒館、咖啡館），通常還會有費茲傑羅（或者福克納）相伴在他名字左右。

我們都曾讀過無數談及海明威與費茲傑羅如何友好欣賞彼此、卻又嚴厲看待彼此人生的花邊史作品。印象最深，卻是有一回讀到唐諾批評海明威晚年寫的《渡河入林》，一邊說它失敗，卻仍鼓勵大家要讀，因為：「相反的，一部不那麼成功的作品，卻四處留著縫隙、留著坑坑洞洞和斧鑿痕跡，把書寫者的煩惱和書寫過程給暴露出來。」一個如此精於言詞的大師，寫出了那麼矯揉造作甚至虛偽的對話，然而這些文字卻可能是他一生中最靠近「不重要」敘事的一次，唐諾是這樣寫海明威的：「他第一次誠實面對自己，面對他閃了一輩子不敢處理但終須面對的難題。他是在虛耗之後的衰竭時日才來打這最困難的仗，的確已經來不及了，但另一方面，這仍不失為一次深刻且美麗的失敗，有海明威前所未見的深度、情感，以及，質地真實的痛苦和不了解。」

不了解並不等於不重要，但反向的通道，卻經常成立。若馬德里的雨對你來說不重要，那是因為馬德里暫時與你還未產生意義，就像我過往讀到的海明威（或者瑞蒙・卡佛），他們都是在某個雨夜霧裡或者清晨未睡的一息間，嘆息一般，就這樣往我湧來。同樣一天的那個傍晚，我在馬德里的雨中走過一座巨大的公園，正要赴約，卻忽然想起海明威描寫鬥牛的短篇〈不敗的人〉，沒有任何戰場或者鬥牛等待著我，卻在那瞬間我感覺到畏怯，前方並不可怕，而是來時路。

我是怎麼來到這座公園的呢？怎麼走過無數咖啡館，虛擲了多少咖啡時光？途中是否也經過了幾百座其他城市的公園，睡去了多少應該回應世間的早晨與下午，甚至如同不在乎自己曾經單薄卻熱情的身體一般，收下又轉身離開其他人的身體？

在那樣一個呼吸間，人被魂附，因而理解了某些性別經驗與人生美感之外的體感。像是小說中，主角將髮髻視為自己始終是鬥牛士的象徵，只要沒有剪去它，任身老體病，那都還不是失敗，只是輸了一場。雨灑在紅燈長得像是等待飛機起飛的大街，我身後應該跟著無數輸贏串成一長條的隱形長幡，還是只能繼續往赴下一個約，即使已經遲了許多時間。

無論多遲，過街時仍然還是必得哼著歌，那時哼著的歌曲應該是張懸先驗之見般唱著的：「大家都怕了苦日子，我不知道我是不是，我總是說著那沒有人懂的歌詞，寫下討人厭的字。」一行走間，街上燈影與車聲交錯，我似乎總把討人厭的字，唱作了不重要的字，或許那是因為我什麼都不了解，甚至不曾了解是自己或是他人更討人厭。

再過一萬條街，我應該都還是會拖行著那不重要的隱形長幡，繼續任不重要變得討厭或重要。希洪咖啡館的點評或是海明威與羅威誰較好，都不重要，重要的是寫下來與走過去。

而走過去又比寫下來，再重要一些。

斷代史

經常覺得自己不活在某些心儀作品的當代，能背出來的詩歌，墨色都褪得像是古畫與青瓷，若將喜歡的書分作兩沓，一邊是千年文物館，一邊可能是出入口與地鐵相連的 MOMA 旁真假難分的波希米亞藝品地下街。在許多時空夾縫，沒有人問也不是單選題的路口，我總喜歡自問為什麼喜歡書與字、喜歡讀與寫，即使許多電影如同啟蒙天塹，動漫與繪畫又像是雷射光槍一樣掃射我的靈魂開關。我只能不那麼清晰地感覺到，或許是因為所有的文學，都能在殘忍中留著一點溫柔，那溫柔也不是寬厚，反而是與作品好壞無關，卻與歷史有關的一種機關。

可供折疊，可以對照的一種斷代史。

疫情結束那年，許多電影也跟著解封，某個傍晚我走進許多作家與出版人席中，在長春路的夜裡，看了詩人吳晟的紀錄片《他還年輕》，系列紀錄片走到第三季，將傳主作家們帶進了更近身旁年代，許多名字卻也封筆與漸慢。我在黑室裡聽吳晟唸詩說話，他不只是詩人，更像是擺渡者，把許多自己曾觸及的作家一一拉回我們眼前，他重回了年少時的愛荷華，愛荷華大學的國際寫作計畫（International Writing Program，IWP）是多少人的書寫青春？就像電影導演林靖傑打趣說的一般：「好像誰都來過愛荷華？」然而當你真正在螢幕上看到聶華苓朗聲說 Hi，心頭還是像有琴鍵被沉沉一按。時空跳接，有些人記得的聶華苓，是那個始終都在書寫著自己母親的女兒、有些人卻更深刻地見過並與「聶老師」對飲過（聽說她於愛荷華的家，累積有一千多位作家造訪）。而我總記得讀過畢飛宇講她：

「你隨時隨地都知道她心裡有你。」

就像在這部紀錄片中，她雖又老上一些（是的，總會不知道被在哪看到的新聞剪影、書中資料，定格下某個作家應該的樣貌），笑得卻彷彿更甜，她不斷拋出回憶，說吳晟是當年總想著回家（看老婆）的那個年輕人。

當你忽然讀到某本愛書、看進故人的姓名，有時四方世界都會湧來記憶與它和音，那是我覺得讀書最柔情的一瞬。紀錄片裡還有瘂弦，瘂弦永遠瀟灑，還是那個批判時代，留下一句「激流怎能為倒影造像」的詩人。但離《深淵》出版、那個幾乎所有人（除了自己）都像趕上了的一九六八年、一九七七年……竟像史前。從愛荷華到溫哥華，吳晟與瘂弦的告別是無聲哭泣，畫面中他們都好，叮囑彼此運動散步，坐上廂型車的揮別與淚，不需要旁白與配樂，是已經說得如此清楚的最後一次再會。我卻忽然理解、破解了某種時間，時差被淚取消，老邁與年輕都還算數。

史前的時間能被拉得多遠或多近？如果告別也算存在、紀念依然是共存。我們與所有名字都還在一個當代，只要記得就算。

電影散場，返家車上忽然跳出從前常聽的歌。有段時間移動，偶爾會聽李志〈關於鄭州的記憶〉，鄭州是從沒有去過的城市，就像愛荷華與溫哥華、西雅圖一般，不曾抵達的城市那麼多，愛過的城卻不少，因為每個城市的記號，終究會變成住在那裡的人。我總在努力記憶與努力離去，試圖比走遠再遠一些，以為能就此窺見走過的時間樣貌；天涯海角，偶爾回頭，卻只看出了行人都似愛過的自己。沒人能記下無法存取的時間，最多只能權當座標。

重複播放個五、六、七次，總能差不多靠近家，我總會在李志唱到：「愛來愛去不明白愛的意義」、「時間改變了很多也什麼都沒有」兩句時，壓低聲音，試著用鼻腔哼出那些字句，作答不再是為了答案，這樣看待萬事萬物，「不明白」與「都沒有」，也就這樣被哼唱過去了。在家的晚上，不再試著搾乾自己，整個中下半夜非常適合用來整理論文資料，偶爾會在無情的字裡淘出沙金，比如曾讀到一篇對馮友蘭《中國哲學史》的評析，除了提到這本書的現代理念，更細微觀察到：「書中只有兩個主要分期，第一階段結束於公元前一世紀，此後直至十九世紀末都屬於第二個階段。」這是屬於馮友蘭的分段，對他來說，時間不是朝代。每個人結束史前的那個倒數器，可以是兩千年前、兩百年前，也可以是兩天前。

最棒的閱讀總從這裡開始，它們自憑自的意志折疊，看似不相關的兩者，彼此作答。這樣的對話，我還在另本書中遇見了史學家蘭克，他晚年在〈口述自傳〉裡回憶道：「我把過去與現在連接起來的做法，現在為全世界所接納了。」快兩百年前，蘭克的筆記如此寫著：「沒有什麼能幫助我們理解過去的歷史，除了回到原始的第一手史料上；但是沒有當前時代所產生、激發的研究興趣，那些時代會被研究嗎？」因為某一次的斷裂，像分開一座大陸的歲月與心力，再被連接與通電，那種無法當下作答出的感受，就是漫長現實的緩衝。

我終於明白有一種溫柔，來自每一個當下的難以溫柔，它們都如此像自我，所以我總在任何可能的地方，尋找跟自己不同的人。偶爾會去修指甲的店主、剛認識卻不知為何非常喜歡的女孩，甚至是為了某個特定牙助才去的診所……這些人全是一種史前，斷開了總嚴厲看著我的人，與更嚴厲看著自己的我，也許他們各自都有著並不溫柔的殺伐現場，但那不是我的歷史，也不是我的字，可以不被讀取不被傷害。

我一直在別人的字裡找尋斷點，那是情節與評論之外的喜好，找到了一處總要好好記下，把它留在自己的心裡對話。傅柯說伊拉斯謨在他的狂舞的瘋人圈中，為各式各樣的知識人保留了大量位置，首先是文法家，之後是詩人、雄辯家、作家，然後是法學家，走在他們後面的是哲學家，最後則是神學家大隊。其實這些分類與分人，全都是傅柯的斷點，用以斷代、對照與顯現自我的餘地。

傅柯在他的拼接中，顯現了知識對他的神聖性與魔性一體，所以開宗才寫下：「如果說知識對瘋狂有如此的重要性，那並不是因為瘋狂掌握了知識的祕密，相反地，對一種錯亂無用的學問來說，瘋狂乃是懲罰。如果說瘋狂是知識的真相，那是因為這知識本身可笑虛緲。」而我只是想在此間遊戲，在各種史前與其後的斷代裡、在知識與瘋狂的輪替裡面，把一切收進只能存於虛空的寶袋之中。

將他們全都打散成一副牌卡，跨越時區與歷史，因為重點不是歷史何時開始、該如何斷論現代、當代，重點是，我總還是想要跟著時間走，像在前行的手扶梯上玩耍，玩得最好的人，或許就能成為決定紀念、記憶與記錄的人。

我總在手扶梯上讀詩、唱歌、看小說，然後鼓起勇氣穿越城市，有時一不小心，也對摺了城市。人們提醒我這樣有點危險，也有點不認真，但其實沒關係也別擔心，我的史前時間裡頭一直只有自己。

當桑塔格遇見杉本博司

我總是在影像裡重新理解與學習書寫散文這件事。

那是鍛造之術，而《鋼之鍊金術師》告訴過我們，情感等同物件，並不能從無中生出，最多只能從既有中幻化成世間一切有名無名事物。因此，攝影家都是真正的散文大師，反向的通道也一樣成立。羅蘭‧巴特教會我辨認「此曾在」，以及贈予世界一帖觀賞攝影時的情緒解藥，告訴我們「知面與刺點雖彼此對立，但又可並存共現於同一照片中。知面是一種廣度量的延伸，刺點則是干擾、穿透它的瞬間強烈一擊。」更如他所說：

「不管照片中的主體是否已死去，所有的攝影都是此一死劫終局。」將那一瞬間反射於現在，不就是文學的入門解讀法，今天如此、昔日這般，以此習得了「對照」。

在散文與攝影中流動，我最動情的地方，總是它們與時間的關係。森山大道說過的：「攝影就是凝結時間的裝置，所有照片都是決定性的瞬間……人類總是抱持著停止時間的慾望，而相機剛好可以滿足我們。我每天都想凝結眼前的事物，完全無法克制這個欲望。」或者他的另一段名言，與其說攝影是記錄，毋寧說攝影是記憶，於是經過一連串記憶積累的歷史過程，攝影成為一種時間的化石，更是「光影的神話」。種種「攝影」二字，非常適宜切換成「散文」，為什麼不是長時間以來，人們總說被攝影取代的「繪畫」呢？蘇珊・桑塔格的名著《論攝影》幾乎是滿紙珠璣，桑塔格於我的正確讀法是先學著放棄劃下重點，才能讀進整體。她很好地解答了我在觀賞畫與影間的拉扯，如此寫下：「攝影把繪畫從忠實表現的苦差中解放出來，讓繪畫可以追求更高的目標：抽象。」

繪畫沒有留戀的去往抽象之地，留下真實的責任給攝影與散文，「實」是個有趣的字，真實、忠實、誠實與寫實相互靠近，卻不等於彼此，比如「真實」，它崇高不已，卻從來都不是一種直接霸道的寫實，誠實也是經過篩選的忠實；這在各自的領域裡，都引起過不小的論戰，不真、不實、作假、擬態……種種指控，然而桑塔格早已藉此答彼，照片（散文也是如此）從來「不是真正地存在什麼，而是我真正地察覺到什麼」，在兩者的創作上，沒有一個投入的創作者是「無意識」的，即使只是蟬聲或雨點、死別到愛恨，都是觀察到的現象、都是微物之神的欽點。因此眼見為實，卻不一定是真。

當然一張照片與一篇散文仍有不同，比如照片從來不描寫，描寫的是背後被消音的語言，可以把一本散文想像成一部攝影集，卻很難把一張相片，完整地擴寫成一篇散文。語言描寫，是時間中的一種活動，第一次讀桑塔格《論攝影》時，被困在一段描述裡出不來，她寫下自己在一九四五年七月的聖莫妮卡一家書店裡，偶然看到了「貝根貝爾森集中營」和「達豪集中營」的照片。「我所見過的任何事物，無論是在照片中或在真實生活中，都沒有如此銳利、深刻，即時地切割我。確實，我的生命似乎可以分成兩半，一半是看到這些照片之前（我當時十二歲），一半是之後，儘管要在過幾年我才充分的明白他們到底是什麼。」與桑塔格存有的巨大時差，讓我更緩慢的隔上幾年才理解這是什麼「神之一瞬」，在許多攝影展覽之間流浪，不管是提供故事或者選擇靜默的，許多時間裡面——他們始終只是照片。直到遇見杉本博司的海，它們當然不是歷史中的單一事件或者苦難，卻依然讓我如同桑塔格般感覺到「有什麼破裂了，去到某種限度了」。

寫完第三本書時，在拍賣上巧遇了杉本博司《海景》系列的全新美版，狠心買下。那些藍綠黑灰斑斕的海，是杉本博司自一九八〇年代開始的攝影計畫，我拿到的版本裡，海被停止在二〇一七年。從日本海到澳大利亞與紐西蘭之間的塔斯曼海域，有什麼東西分割了我從此的書寫脈絡，是無法被擴寫的海洋歷史，更是我一生中漫漫無來由的悲傷。種種家與人的傷害並不是悲傷的來處，我知道它必來自某種古老虛無的地方，如同集體潛意識般地植在體內，直到閃電劈向海洋、直到藍色在無窮遠處變成透明、直到變成青苔……我才理解那來處，無比擬似大海。

杉本博司拍攝《海景》（Seascapes）系列時，所有的海景照，其實都是站在陸地，往海拍攝的，他說那些風強、浪碎、雲多的日子裡，都是無法拍攝的（好像也是不能寫作的日子）。而最適合拍攝海景的地點，往往是高於海面一百公尺處的陡峭斷崖，「越適合拍攝的地點，越是遠離人煙」，越深鑿的書寫，也越是沒有人跡。沒有人，並不只是物理上，更是心靈的所在，若鐵了心要寫、要拍攝，人潮中心市聲滾沸，也無法阻擋，任千萬人來往，心中都是沒有的。

我們一生所寫出的所有故事都是過程，攝影是、散文也是，杉本另一個知名的攝影系列《劇場》，是經由播放一部電影的長曝光時間，完成一張照片，在他的散文集《直到長出青苔》裡，也回應了對此創作的提問：「並不是沒拍下，而是拍太過了。」他確實拍了一天，卻是一片白影，白影更是時間，就像杉本博司大多數的作品，也都是時間。比如他在散文裡提到，某段時期他與妻子在紐約開設骨董店，這使得他能很好地識別文物與時代，他曾以一個鎌倉時代裝裱舍利子的容器，裝幀自己的「海景」。這樣一來，若有人問起這作品的年代，便有許多可能，可以是現代到鎌倉、現代到太古的海，更明確地說，一如他許多作品的製作年代，年代都是「時間之箭」，「時間之箭從開天闢地開始，通過鎌倉時代，來到你的眼前。」

閱讀《直到長出青苔》，是一場非常後設也非常冒犯的過程，杉本博司終於走出作品，以他的語言書寫動機、書寫時間，自白般地說起，自他使用名為「攝影」的裝置以來，一直想去呈現的東西，就是人類遠古的記憶。「那既是個人的記憶，一個文明的記憶，也是人類全體的記憶。」攝影師說明作品、創作緣起，即便如我一般曾迷離在海景與劇場的觀者，都會產生落差，落差更大時，便成偏差。其實不只是攝影，所有的創作者都如此，許多的分享發表會、新書座談、展後映後講座，都像是把舞台暴力的鋪展到創作者腳下，你得自己說明自己，明明已經完成了繪畫、樂曲、書籍與攝影，卻得再用話語重新填充；常常忽略了創作本身就是寂寞，它的形成過程並無法被破解與翻譯，月亮如何牽引潮汐，總有在引力之外的神祕學，如果萬物都可以被解釋，就不需要去創作。桑塔格的先見，永遠會成為一種我書寫時才參透的後見之明，她說：「繪畫或散文描述只能是一種嚴格地選擇的解釋，照片則可被當作是一種嚴格地選擇的透明性。」於是明白，當所有的事物都淪落解釋，它們全都失去了透明性。

或許這也是我翻開《海景》的次數，遠遠多過《直到長出青苔》的原因。但若是試圖拆解杉本的散文，將文的布帛割裂，為我拼用，許多片段都像是最好的創作論。「911」之前，杉本曾經拍過世貿雙塔，當他拍攝這座現代主義建築，以沒有裝飾為裝飾、以不宜居住為宜為居住的存在，他選擇使用了大型相機，但拍攝出來的影像卻是全然模糊，「因為我將相機焦點設計在比無限大還要遠的地方，透過相機的設定，勉強使影像模糊。這樣說吧，我想要窺視這世界不應存在、比無限還要遙遠好幾倍的場所，卻被模糊給吞噬了。」後來，現代摩天樓真的變作了紀念碑，不知道是模糊吞噬了時間，還是時間的原貌本就模糊不清。就像杉本獨愛的日本傳統「能劇」，他認為「能」是時間的樣式、「能」是時間的流動化，我們所在的現實裡，時間單向地從過去延伸至未來，「能」裡頭，時間卻是自由來去的，夢是它乘坐的工具。

因此，散文與攝影經常共享的真實、被要求的真實，本來就是一場騙局。杉本在書裡有許多段設計好的假問答，提問與答者都是自己：「日文稱照片為寫真，不就是寫下真實的意思？」、「說照片不會說謊，就是一個謊言。」在不存在的提問裡談論真實，是一種惡趣味，卻也接近一種正解。這世界上不存在不說謊的藝術創作，即使是在時間裡頭，都得乘著夢跳島、穿越，卻沒有人指責時間說謊，因為你知道它絕對有其不真實。在某一種極端的散文寫作裡，也會讓我想到另一個攝影大師黛安・阿巴斯，曾如此界定攝影，「是一種下流的玩意兒——這也是我喜愛攝影的原因之一，我第一次做攝影時，感到非常變態。」那種快感，很接近桑塔格破譯的：「相機不能強姦，甚至不能擁有，儘管他可以假設、侵擾、闖入、歪曲、利用，以及最廣泛的隱喻意義上的暗殺。」散文也可以還擊、破壞與公然說謊，那種暴力幾乎像是一場情色成人秀，撐著真實大傘，公然做愛與殺害。說是為了還原，卻只還原了自己的欲望與痛，散文不能說謊，也是一個謊言。

我屢次穿梭在杉本博司洗出的淡色世界裡，就像聽桑塔格在耳邊說話，比杉本博司早上十五年誕生與活躍的桑塔格，不知會如何論及這位被當代稱為「最後一個現代主義者」的攝影作品？桑塔格倒是說了很多關於班雅明的事。

當中最有趣的，應該是提出班雅明嗜好引語（尤其是格格不入的引語）的習慣，在她看來幾乎是一種「超現實主義」的嗜好。漢娜・鄂蘭如此記憶過班雅明這個小喜好：「他三零年代最大的特點，莫過於他永遠隨身攜帶的那些黑封面的小筆記本，他孜孜不倦地以引語的形式，把每天生活和閱讀中所得，像珍珠和珊瑚般記錄下來。有時候他會挑一些來大聲誦讀，像稀罕而珍貴的收藏品那樣出示給人看。」因此《論攝影》的最後一輯〈引語選粹〉（*A Brief Anthology of Quotations*〔Homage to W.B.〕），便翻玩了這個很班雅明的喜好，錄下許多桑塔格特意蒐集而來的引語。

當歷史的進程使得各種傳統元氣大傷，班雅明一直在試圖搬運珍貴的碎片，廢墟的重建者非他莫屬。這當然也是時差後頭，我才明白的道理，從前的我對於搬運碎片、使用引語，有著生理性的排斥。直到海切割了傷口，時間開始成為亂碼，我才明白不管是哪一個人名，都是因為爬上前人肩頭能更好的眺望、都是為了說出後頭自己的話。因此，我竟也開始建立了新的檔案資料夾，開始了自己的蒐集。這讓我想到杉本博司曾經有機會入內拍攝京都「三十三間堂」的國寶「千體佛」，他在有限時間內的每一個早晨裡，無比慎重地按下許多快門，他說：「因為無法擁有，因此用攝影偷取它。」這成了我收藏的一段引語，為什麼癡迷書寫散文？因為這世界還有許多我想偷取的事物。

有趣的一件小事，其實杉本博司也真正遇見過桑塔格。在另一本《現象》中，有篇〈臨刑者小曲〉，他寫下自己曾經承接了蘇珊・桑塔格未竟的選影工作，於是他反覆看她留下的資料、聆聽她講座的錄音，甚至為了她所提到的一句電影台詞，找來ＤＶＤ反覆觀賞。

生死的接力、人名的穿越，全是時間的簡史。在攝影照片裡、在幾千字的文字裡，時間被停止了片刻，然後，時間再被啟動與串接了片刻。我們需要的，從來只是片刻。

我沒有說謊

許多年前，曾接到過一個需要掛名的邀約，那是唯一一次，我回信給對方：「請幫我署名『散文家』。」現在想起，總帶點愚勇跟魯莽，其實也是成年後的我最害怕的一件事——解釋自己。就像作家在座談會為已經完成的作品說話，當我每次必須為自己的文字說出更多動機、心意與努力時，都會感到一種枉然。

所以我想，如果用文字說明文字、故事定義故事呢？或許可以當作另一種創作又開始了。我會在某本筆記裡頭，寫下許多無意間讀到喜歡以及討厭的話，開始寫作時，偶爾會以一種想要依賴卻不信任的心情翻讀，如此心情，配對到的一句話是D・H・勞倫斯說過的：「相信故事，不要相信講故事的人。」這讓我想到曾經讀過卡爾維諾接受訪問時，跟記者說起類似的話，大概意思是：「對任何問題，我都知而不言、都可以答，可是我不保證我告訴你的都是真的。」這對我來說，就是完美的狀態。

語言與文字各自在某些地方，都可以做到這件事，就跟散文與小說是一樣的，只是它們的方法與必須用上寸勁的地方，完全不同。面對散文、所有的散文，不管是評論、訪問或者主題性的邀稿，於我都是同一種創作狀態。曾經聽前輩小說家說起自己放鬆的方式是「寫散文」，卻如何都不能想像怎麼能夠，待我一字一字讀完那些「散文」作品後，卻好像理解了其實是每個人對散文的想像與功能，完全不同。那些錦囊細語、他人之言，或者懺情與訣別、抱負與報復，全都是散文的寬度，也都作數。

偏愛散文，卻不是因為它的寬廣，而是因為它可以抵達的深與難。國高中時的我開始寫詩、大學時代寫小說，那些作品一冊冊的躺在老家床底、待在舊電腦裡，甚至沒有轉移備份到下一台筆電……就跟前男友的照片沒什麼不同。我很少忘記事情，卻並不是戀舊的人，就像我總在散文裡續寫小說、在散文裡作詩，因為詩有時並不需要詩句，就像小說的虛構中總包含真實。

小說像太空，散文像海，為了抵達某個地方、深處，你必須依賴技術如氧氣瓶、你必須抵抗壓力如耳語，但在海溝與某個巨型藍洞底下，海可以是太空、散文也變作小說。寫下去，才是最花力氣的事，因此得訓練自己不要耗費太多力氣，在真實與虛構裡自我拉扯，私小說與偽散文的惡與華，最後並不是我說了算、誰說了算，只有故事才是真的，只有好的故事才是久的。

畢竟我們之中少有人到過太空，卻可能都認識海，但別忘了，海邊永遠不是深海，散文的真實是深海才有的傳說巨怪，牠們就像反向的外星生命一樣。故事與說故事的人最終也會成為鏡像，可最好玩的永遠是——如果不說，要怎麼知道哪隻手才是真正舉起的呢？

兩隻手俱在時，寫下來的東西，總是一半與另一半。就像有些時間，一半是夢。

不久前，新的太空望遠鏡（Webb Space Telescope）發射後傳回了第一張彩色高解析度宇宙圖像，四十六億年前的深空星系團，以及七千六百光年遠的船底座星雲（Carina Nebula）裡如山與谷一般的「宇宙懸崖」。想說它絕美如銀河，它卻早已浩瀚過真正銀河，每一個微弱的結構都如沙，卻微雕般清楚。那些如夢的時間，就似星圖遼闊不可言。

另一半的時間總帶傷。

帶傷工作、帶傷戀愛、帶傷吃飯、帶傷運動……可那些傷從哪裡來？散文或許就是心裡的深空望遠鏡，以它窺看，或許自出生始，就在受傷。聽母親說起，在她遇見我、抱我回到後來的家之前，有一段時間我在她也不肯明說的某地某處，鎮日哭啼想要一個擁抱，生母卻堅持不給也不許他人給予，後見之明比對今日，似乎也剛巧鑲嵌進知名的「百歲醫生」育兒理論，然而不知曉理論的遠方，或許並不是出於愛。那些不出於愛卻以愛為名的力量最致傷，比對後來傷痕也全都成立。

早在記憶之前、時間成立成為物理性時間之前，有人在心上施力，心房於是被形塑成後來人生中最懼怕與缺失的模樣，不用讀心理學都能明白，傷還是會好，雖然不會消失，卻終究會成為不疼痛的疤。沒有人能戰勝時間，也沒有人能戰勝文學與世界，換句話說，又是為什麼，人總要贏？

我在觀看他人的作品時，放進自己意識，於是那故事成了我的所有物；在訪談中，描繪一個人如何閃閃發亮時，永遠得讓他先穿過我之瞳孔、我之文字，別人所見，是我所見。過去所出版過的三本散文，每一本都像是不同深度的轉身與換氣，近真、溢惡、溢美，纏與繞、重與輕，沒有輸贏，它們可以是遊戲，但從一開始就不曾兒戲。
就像那首歌唱著的，我沒有說謊，我何必說謊？
雖然，我可以說謊。

給親愛的莉莉

「有一種書寫，人們通識地，將它指稱為悼亡書寫，然而，這指稱法只說明了最表面可見的維度混淆。事實上，這種書寫所追求的深切混淆，是層層再製的再製，鏡像的鏡像，直到終究，已不存在的，被以獨特的形式，重新寫入已不在場的存有中。」這是童偉格為蘇偉貞《旋轉門》寫下的字，在二〇一六年。

再往前推十年，二〇〇六，蘇偉貞為離世三年的亡夫張德模，寫了本小說《時光隊伍》。「時差」成為了一種穿時閱讀的關鍵字，我亦隔著時差閱讀，第一次讀到《時光隊伍》時，早已不是第一序列的讀者了，卻還是被她筆鋒劃傷，然而她卻根本沒有施力。在紙上的字是：「『就那麼精確地移了一下』，最巨大的時差出現了。（如果你活得夠久，他六十二歲之死那刻算起，十年後你六十一歲，你還有機會與他人生記憶重疊，再過去，就沒了。之後，你將獨自走向只有你的時光區，沒得對照。）」那時我讀懂時差的名詞解釋，有一解是不再討論誰的離去與誰的棄留，而是逐路與走過。

只是就那麼精確地移了一下。我們與一些名字隔著的時間差，便開始只剩追趕，不再平行。二〇一二，我寫了篇文章給 Lily，那時我應允了她一個她並未開口的要求，我說，會再將自己的故事寫給她，在她不再衰老的二〇一二年過後。

至今十年，故事並沒有被完成與投遞，我仍在她留給我的巨大時區裡，寫別的字、唱自己的歌，遊蕩閒晃，偶爾才回頭望望她，更沒再翻開收進那篇文章的書，時光已隔了無數郊山、滿布芒草，每次回頭都像找不到來方。但我知道 Lily 會跟我說，往前路走、往哪裡走，那都是妳的故事，沒關係。

沒關係，於是我就這樣兜轉完了十年。十年間，推開了無數道旋轉門，來到寫完《時光隊伍》的作家課堂。她初時便交代，如果可以，不要我叫她老師，因為我與她都在寫著的桌面，可桌闊如銀河，我只與她長桌隔望。也曾聽她講起自己的書中人，「張德模可能曾經回來過」。南方教學的宿舍裡，夜裡曾飛進鳥或蝙蝠，久久不離，她抬頭想了，不知道有沒有開口，但心裡卻覺得是他來了。我的記憶因為炎熱或是通勤的疲弱，有了裂隙，可那些空白或如馬賽克般的缺字與不清，如今寫來，全屬魔幻時光。

Lily 的故事，既然寫完，便不再重寫，雖然再提也像是複寫與悼亡，我也許願往更深維度再製，因為那是唯一能擺渡的前方。若有不同，是我的前方似乎還有參照，但卻像丟了借閱證般無從索引，因為過往的平行前進，Lily 走的路、我走的路，誰都看不見對方。

不久前，我看了一部紀錄片形式的電影，講的是台灣少女與她的教練闖戰奧運「現代五項」的旅程，這一個自一九一二年夏天到今天，從未消失在奧運項目的競賽，說來多少有些貴族，畢竟它包括了馬術、擊劍、射擊、越野跑和游泳。然而電影裡的少女，卻出身台東偏鄉、眼神有光卻還帶著一些遲疑與不確定，她所有的篤定與眷戀，都留給了電影中不長的一段回憶。少女說：「會開始練習現代五項，是因為**莉莉老師**。」

如此一句，便進入了屬於莉莉的時間。

她不再只是我文字中的 Lily，更是學生與親友們口中的莉莉，以她真名打開的，就是只屬於她的時與空，屬於她的體育課堂。體育時間當然不似董啟章的小說《體育時期》，時期屬於時間，時間卻能包裹、征服、夾帶更多，就像一個名字或者一種狀態。很久沒聽到莉莉的名字，再聽時候，竟然沒有像被誰說起傷心與痛點的戳刺感，那是長久以來如身體記憶般的反應。

終於沒了反應，才能一寫。

關於某些家的故事，虛實遮掩的說過，因為還沒有決定好姿態，不管恨的姿態或僅僅是回眸一看。直到遇到其他的寫作者與他們的來處，縱有無數人寫過父與母、離散悲歡與棄的故事，比如從前所讀到《台北爸爸，紐約媽媽》那般的痛、《寧視》的靜、《溫泉洗去我們的憂傷》那樣的追，或者《我那賭徒阿爸》的傷，讓書紙上全是淚水與血。那些散文充滿了像是台灣文學原型的家族人物故事，比如總負債與逃離的父、在痛苦與瘋狂中存活下來的母，以及輻射出去的姑姑、叔叔、阿伯，他們的故事裡應有盡有。而每本書也都以他們的方式揭過傷疤，或許獨自走路，或許持刀復仇，又可能藉由反覆迂迴的書寫，告訴了自己與讀者，當初心上的致命傷痕，行凶的人其實無意。

出完第三本書那年，在夏天正式來臨前，我看著自己的字，猜想，不管哪者，我都做不到他們做到的事，也猜想或許今年還會再比前幾年熱上一些。差不多同時，忽然又聽見莉莉的名字，在電影與心裡。

那一瞬間就像結束暖身起跑，那個在起跑架上心顫如擂鼓，進入完全真空等待鳴槍的自己，總算等來槍聲，即使永遠無法跑出最好的起跑反應時間，也已經不可追悔。我真正跑了起來，跑進至今還是無法游泳換氣的體育時間。莉莉不怕水，不只現代五項，籃球她也擅長，事件發生後，新聞稿裡的文字，如今還貼在我電腦的備忘錄裡頭：

「上個週末台東縣舉辦全國現代五項運動比賽，九月二十八號教師節當天，劉老師帶學生前往台東體中進行賽前訓練，結束要回學校，在成功鎮跟學生一起吃晚餐，不幸在過馬路時發生車禍，送醫不治，但學生們還是忍住悲傷，拿到了全國冠軍，在老師的公祭靈堂獻上獎盃。由於劉老師沒有結婚，照顧學生就像照顧自己的小孩一樣，平常的訓練雖然嚴格，但劉老師從食衣住行樣樣都管，讓學生們感受到老師的用心。」

當時等著莉莉過街、等著她吃晚餐的少女，去了奧運；而沒有結婚的莉莉，那時滯留在北方的女兒，卻哪兒都沒走遠，連游泳都還沒學好。

學不好的時間裡，我第一次跑去學了潛水，背著氣瓶穿著裝備與二級頭，無論多深、多久都不用換氣。我在陸地上，很深很深的人工池裡潛到很深，學習以手勢說話、學習排除目鏡裡的進水與前進下沉，正要前往海洋實習的那個月，疫情與人生因為逃避而積累的人疫，全爆發開來。連人工的換氣，我都沒真正完成，這或許是莉莉與她的學生們，聽來都會偷笑的事。

說來自虐，我總是非常熱愛各種體育活動，無法出門夜跑的時間，可以跳繩千下、平板支撐數分鐘，不放音樂。體育時間應該是無聲的，才有被壓成真空的乾，以苦制痛，收納生活中所有的潮濕。這兩年，新習得的運動還有壁球與空中瑜伽，但卻都是只有真正親近的人才知道的事，就像網路曾經流行與人分享自己讓人意外的事情，對我來說，意外的事等於不重要的事，也都像是我的家庭故事。沒什麼好說、也總有人說過，以及說了又能如何。

然而體育時間，還是來到了起跑線之後，跑步時的氣流捲起無聲之中的其他聲音，不是加油聲或人群湧動，而是時間封印的一切，被解壓縮。往前跑一圈的我，還是會回到起點，就像往前奔逃，全是為了離開莉莉與靠近。

我們是最親的血，但被吊掛在各自冰冷的儲室裡，不斷有人開門觀覽，原來是她／原來是她，卻不曾讓我們看見彼此樣貌，就關上門。所謂母女，如果是所謂，就不是母女。

終究沒有寫出來那段缺失的故事，親愛的莉莉，請原諒十年遊蹤，我仍軟爛。就如同蘇偉貞課上與我們提過的霍桑小說《威克費爾德》一般，驟然出門就離家二十年的先生，從來只與家人隔著一條街外生活，然而家人幾十年裡沒找過他，在城裡見面也不相識，就像「當他死了」。當他死了，當她死了，一個是當作、一個是當時；一個是寧願與不得不、一個是承認時間。承認時間確實存在，承認即使再給我十年，或是回調十年，會不會是從一個當她死了，變作另一句當她死了。

十年飛行，還有些人停在了中間年份，就像哪來這麼多八二年的紅酒一般，偶爾夜裡或白日，我會想，哪來這麼多人留在了這十年？若要一一補上故事、寄給他們，會不會得寫到八十歲，也不能停下。但我卻總是停下，被夜貓吸引、被火車誤點、被新生與失去占據。

或許不只生者會想穿越中陰，向死去的人們提問：「你那裡現在是什麼時間？」若離人還有神魂，或者也會想問問我們：「你那裡現在是什麼時間？」

我這裡，才過十年，雖仍軟爛，卻沒被世界棄如果皮，請莉莉放心，還要請中陰使者借過一些。如果還有時間，或者還有一點篇幅，我想問的不過是另一句：「你那裡還有沒有時間？」

如果有，我想再借一些、再給我多一點（不寫）故事的時間，我願拿這十年間的所有芒草與大山，與你交換。

時間的名字

人們經常以為自己接近了時間、時間的真相，在影像裡面穿越，把宇宙當作磁力片一樣對接、拼貼、倒下以後，任意相連。宇宙沒有說話，它不習慣說話，而時間總是在偷偷笑著，它笑著跟我說，說了很多很多。它說的第一句話是：「我跟妳說，妳可以和任何人說。」

「不知道妳有沒有看過那部把我當成把戲的電影？迴轉與重來、呼吸與傷害，我才不是只要賣力就能行個方便的存在；當然也不像另一部電影裡面，可以藉由太空旅行或者夢境就解剖我，或許太空裡頭可以找到一些什麼，但其實那比較像是我的衣服，或者說是衣服收邊沒收好的線頭，抓住的人當然可以借力迴盪出一個平常做不到的弧線，但還是沒有辦法到達別的地方，只是換了一個視角看看而已。說到夢的話，夢比較像是我的惡作劇，請妳不要覺得這很低俗，每一個夢，我都全力編織過。」

「妳說小說嗎？喔，我知道妳說的那幾部把話與故事都說得很長的作品，也許吧，家族與記憶本來就是這樣漫長的東西。但讓我換個方式問問妳，妳覺得『漫長』，又是多長呢？不如，妳現在想一個最能代表漫長時間的單字。」

「歷史嗎？我認為歷史很不錯，我更常聽到的答案是『一生』或是『等待』與『記憶』。歷史是很神祕的朋友，什麼時候開始有歷史的呢？它絕對早於以**我**作為出發的所有事件之前，早於**我**的等待、**我**的記憶與**我**的一生之前。因為幾乎所有人都以為自己所能經歷的，或者傳承到的事物已經足夠久了，就像骨董好了，八〇年代我在紐約的古物店裡，看過有人搶著為鎌倉時代的木雕、宋朝的瓷器標價。嗯？我為什麼會在八〇年代的紐約嗎？因為我很喜歡那裡啊，我也常常待在一九二〇年左右的巴黎。先回到骨董這件事上，它們確實是昂貴的存在，因為每一件骨董，都是遺產，英文單字裡我很喜歡的『heritage』，能把這個感受說得更好。總之，有一些我存在的碎片，被夾藏在裡面，因為同時被加上了那個人的精神意志，碎片取不出來，就這樣被那些曾經發現過我的人類，占為己有。這麼霸道的歷史，就是我也支持骨董應該賣得很貴的理由，妳說的那幾本小說呢，其實也是骨董。」

「當然會，除了電影跟小說，我也有很多其他的消遣，下次應該請妳參觀我住的地方，但要怎麼抵達我得再想想。有一些很棒的碎片也被我偷了回來，像是畫作或是攝影，比起人物當主角，我比較喜歡非人物的存有。人的意念太強悍了，都是眼神、都是光影、都是欲望，我也同意這樣才美麗，沒錯，但是強悍的東西其實一碰就毀壞。眼神被我磨損、光影被我淡化、欲望更是脆弱到不行，我還沒出聲，它就已經消失了。可是有些山海，很像珠寶，或是協奏曲，得要學著沉默、配合，才可能有更多的部分被保存。就像是妳戴的耳環，應該是珍珠吧，淡水珠也沒關係，珍珠有時是點綴，有時也是冠冕的中心。一把小提琴在帕格尼尼或布拉姆斯的曲子裡，也不相同，所以我也是這樣的存在。」

「現在，妳知道我的名字了嗎？不是『時間』，那是人們通識性地說法，我有個更喜歡的名字，通常不會有人猜到，但我一直覺得那才是真正的我。」

我等時間說完。
時間的話比誰都多。
終於等到它聽我說：
「我知道，你不是漫長與記憶⋯⋯不只是這些，你是更珍貴的碎片，是
我們能擁有的全部。」

時間縱有無數名，在這一頁，它的名字是剎那。

「個人無非是他所有不幸的總和，可能某天就連不幸也會感到厭倦，然而至此以後，時間卻成為了你的不幸。」

——威廉．福克納

冥王星

離開山手線

國境開放以後的第一次旅行，說是開始，其實更像告別。

有些不捨，這幾年封鎖下的各款口罩收藏，口罩上畫著戴口罩的口罩貓、一整套色階齊全的大理石紋，或者色溫飽滿戴久不毛的好品牌，與其他種種衍生，幾乎成為穿搭的新重點。除此之外，還有家裡生出的許多工作與精神小物，如礦晶、靈擺與石、如香、如聖木、如虎尾蘭草，世界內縮得可愛，正要習慣，就又開始告別。

當我終於重返那座城市，覺得它依然如往，有樣貌繁複的美麗，城市兩字在它身上，是大寫再加上引號那般的立體摺面，可它也確確實實有了蕭條的味道。以居酒屋與深夜的醉漢來說就好。

從前深夜地鐵站附近遇到的醉漢醉女形態，他們跌跌撞撞，或扶或站，爬起又倒下數次，撐著衣衫不弄髒，只為不被他人注意。這次再來，許多醉歸的人，在路邊的石地重重滑倒，卻不急著起來，把神情收在口罩後頭，幾乎有一種決絕的醉意。很久以前，不知道誰告訴過我，只有末路的人才不留給自己退路與顏面，即使不到窮途，也當然是另一種意志的消亡與蕭條。選物店裡沒有了一些牌子、機場連香奈兒都停止營業，喜歡的餐廳廁所不再潔淨到有些變態，我在這樣的重逢裡感到悲傷。

倒不是因為捨不得或感慨，更接近一種氣憤，氣自己、氣它們，怎麼不說一聲就變了、頹了。或許它看我也不再相同，無法日行兩萬步，從美術館逛到酒吧、從天光走到日暮，誰都不是當年的自己，連旅伴也換了再換。我在這座城市裡，清晨點一杯咖啡廳的自家焙煎咖啡，喝到一半再放入奶與糖，寫長長的文章，取代很多年前的走長路、寫長信，當轉車經過山手線，依然會想起那人和我說過的：「山手線繞一圈還是回到新宿。」只是再也不揪心，能好好點頭，其實每一站都能是終始，因為山手是一條環。只是它再也不是我心上的環，比起來千代田線與丸之內線如今更吸引人徘徊上下。那家咖啡廳在逼仄的大樓二層，得走過只容一人身量的陡梯抵達，這次逗留，我正在工作的信件中抽取片刻查著某種疾病的照護與病程。很早就離家與離開我與母親生活的父，終究是病了，那病來得暴烈，但他卻只是聳肩接受，連母親都小小聲和我說：「這是他自己的選擇。」

沒有人會選擇病，但總有選擇是你一開始就知道無法善終、無法善了，我想母親的意思是這個。

大部分的生命裡，成長與變老是一個正梯形，每個人待在橫向直線的時間不定，而後只能往下，有人說下行開始於三十五歲、四十歲，也有人甚至再早上一些。不管如何，這是父親的下降線，恐怕還不是每站皆停，而是急行直達。

將奶和糖加進咖啡轉了第三圈後，想起某個喜歡的寫作者曾和我說，她最怕繞來繞去的文章，回頭看向我補充：「像妳就是，也太彎繞了。」我點點頭，就像山手線，終究還是要回來，卻始終可以不下車、不換車的繼續往下，下一站其實也只是為了回到某一站，把最想前往與最怕抵達的藏起來，因為不夠勇敢來到明確的終站，來到告別的時間。

Penny Panagiotopoulou 的電影《*Hard Goodbyes: My Father*》，是破題寫下的艱難告別。電影也在繞行，繞過登陸月球、繞過科幻小說與幻想，我們都想成為一個「女兒」、一個「兒子」，然而生命總不如你所願。我一口喝盡自己調好的咖啡歐蕾，結帳點頭。

走過得側身維持平衡的危聳樓梯離開，右邊是山手線，丸之內線在左邊，我拉好包包開口，不回頭地往左。

路的潮解

每條街都有自己的味道，這是在我離開台北後才知道的事。離開在後來也不是什麼大事，我跟你說你大可也跟別人說，每個人一生中都要幾次離開台北，像是已經變成老電影的《海角七號》裡，阿嘉邊咒邊往南騎，阿嘉無處都是，罵它淒風苦雨、說它人品不好，說著說著總像唱起歌來，台北不是我的家，台北的天空與台北下的雨，有人在嗎？有人但不回答，直直撞著的青春就這樣高歌完了，白日放歌的無，縱酒的有，無的放矢的人太多，有的時候就當他們放屎。這些與那些，都是台北教會我唱的歌、做的事。

這一次先不唱歌，讓氣味從整座城底竄出，蛇舞一般，它會自己說話，將你蜷繞成它的紋路與鱗尾，整座城市都是蛇影，大蟒與小蛇吐信，成為街道，成為信念，在此之間，再讓你成為失信無道的人，這就是城市。台北限定的味道相對輕薄，也許有人會說我們有臭豆腐有火鍋有夜市，我們可以驕傲說自己是氣味的福德坑。但不是如此，台北捷運沒有味道，跟巴黎香港倫敦紐約東京上海地鐵相比，幾乎透明一如還不懂得製香的葛奴乙，最多只有出站入站門邊賣著現烤咖啡麵包（極偶爾是蒜香）的味道。有些城市是糞溺與石板街、有些是人不洗澡的羶臊，當然還有漂白水與芳香劑，髒舊的絨座位與柴油煙。街的味道來自時間，沉進了泥灰與瀝青，不同時期人們偷偷與忘情吐的口水與菸痰，霾灰與濕腳印，打翻的手搖飲或羹湯，有沒有勾芡可能會影響殘留時間。還有分手在巷口的眼淚，只一滴眼淚，遺恨的味道便多留在街上十年不散。

我的街道只有一種味道，或是說真正留有味道的街，只有一條。陽明山上不是沒有其他氣味，只是該怎麼說呢？它們全都會被吞沒。在某一個瞬間、某一次張眼，那時我最愛的羊肉羹店裡的沙茶與羊香完美平衡，再多一分就變成一般羊肉羹的香與騷，早晨蛋餅被煎成脆皮的鍋油熱氣、麵店營業結束後排出流入水孔的煮麵水、飲料店剛煮好的紅綠青茶味、漫畫店裡書頁被人手汗脂熏開油墨的濕氣、網咖店十八度風口混著合成皮椅與微波食品的種種味道，全都變成街景，如果閉上眼，或許也能直行轉彎無錯處，許多氣味不再。但在當時，即使是這般引蟲鼠集聚的光華路小巷，熱鬧的用餐時間，也總有一瞬間全都被奪走味道的透明。那是神鬼都不藏影子來到的時刻，味道都被霧占了去，偷借喜歡的詞裡一句話，大約很接近「霧失樓台，月迷津渡」。

山上的霧來，人間的煙散。

那時比山還高一些的還有大樓裡的教室，聽學長姊說有過一些日子，霧從未關緊的窗裡自來，教室變成山頭，竟會看不見前後，「有些人，上課上著上著就散了」。與我同在一間教室的男孩，變成了怎樣的男人，我沒有機會看過，就像我也從不是遇過魔霧的那些人。但曾經在課中盹睡，晃著頭時聽人說不遠的擎天崗上下了雪，雪還是少見的，霧卻從未在崗上退潮。或許是我上擎天崗的日子太少，有次在天將亮前走上崗上小路，霧影中拿著相機拍了許多身影灑在草坡上的照片，陽光把草的味道逼成了純露，濃度太高，記憶的探測器在這裡失了準，許多年後看當時拍的照片，都暗自僥倖沒有鬼影入鏡。但也將一起的人影，關在記憶卡裡，想取出時只剩潮解。

我們沿著山路騎車，有時你載我，有時換我載你；我載你的時候，陽投公路全閃著老黃色街燈，街燈的味道全是硫磺。木板隔間的門外室友是兩個離鄉工作的郵差，不知道他們有沒有像電影一樣，終究會憤怒離開台北？

你載我的時候總是反向，硫磺色與味的街燈會慢慢變回陽明山上的霧白燈座，我住在建業路的一年，是鼻過敏很少發作的一年。濕霧像是兒科診所蒸鼻喉的儀器，把揚塵與所有其他味道壓過，變成了水。怎麼會知道你我先後變成了壞人，為什麼走在不同街道的我們，會選擇傷害其他人？在很久很遠以後，聽到愛過的人種種壞話惡言，比起他的好話，更令自己難受。不知道該怎麼和別人說其實你很好，如果很好為什麼不要？也不願就這樣接受，或許你一直都是這樣的你，其實我們都沒有那麼好。

建業路是我遇過最安靜的路，像在太空戴著頭盔、棉被窩裡掛上抗噪耳機，它也是一條死巷，盡頭是當時的瓦斯行，一邊是學校、一邊是我租屋處的窗。我在那個年歲裡，探測世界的心還很熱燙，對生活洶湧發問。第一次默背起家以外的地址，對於路跟街的分類充滿疑問，以前最常說著為什麼，許多的為什麼換來了許多冷知識，才知道在台灣、在台北，只有十五公尺以上寬的通道叫「路」，八到十五公尺之間，為「街」，再往下窄就成了「巷」。建業路如此寂寞，闊開的道路，從開始到盡頭沒有任何店家、沒有一個門牌會開門與他人共享。也曾問過更多愚蠢而不可愛的問題，「瓦斯行為什麼沒有瓦斯味？」、「霧氣被裝進瓶子還會是白色嗎？」、「這些祕密不要跟別人說好嗎？」、「你愛我嗎？」與「你為何不愛我？」

問題都是字，字也會逐漸霧化，年少時與某個人走過的山路，在多年後變成山霧，真的能確定每段記憶與承諾的歸屬嗎？後來讀到納博科夫的《說吧，記憶》，無比情動地在——「時間，乍看之下無邊無際，因此一開始我沒發現它是個監獄。我看到逐漸醒轉的意識，就像一道接著一道而來的閃光，閃光間隔逐漸縮小，最後變成一大塊亮晃晃的區域，讓記憶在此滑溜之地暫留。」這一大段下，畫線、摺頁、背誦。書寫如點名般一一整理著記憶的光縫，時間這座牢獄裡頭，每個人都自願變成困獸。將他與他之名來回拼貼，試圖剪貼成一個完整的故事，貼上各種「童年」與「青春」的路牌，可它依然是個騙子，書寫者更是騙子。建業路並不存在，路街巷道只是時間的牢。

「你有沒有聞過霧的味道？」我有。可是再也沒有霧那麼深的地方了，也沒有再聞見霧；時間的某段，也曾在英國鄉間的夜晚車站，被深淵一般的霧迎接，鬼霧一般，溫度與灰白色霧氣碰到防水風衣的瞬間、附著的聲響，我都能記得能書寫，霧卻從此無味。屬於我的街與氣味都已潮解，被書寫降成底噪，或成了弦樂器上的泛音，它們是觸覺視線與聲音，總之再也不是味道。時間是華彩曲與驪歌，現在的我，開始朝那條街上的我說話與唱歌，才發現聲音早已啞了。

聖母院與百貨

迷失時間的時間，我會去聖母院。在裡面，時間不須量化，也不需要帶著信仰。每一座城市的聖母院，不論是巴賽隆納舊城裡那座加泰隆尼亞式有著天頂垂光玫瑰窗的海洋聖母院，或是南台灣紅磚砌成的萬金聖殿，都是我一人遊戲裡的安全堡壘。

總有城市逼到眼前來的時候，比如巴黎街邊我斷開網路，瑪黑區的小店與藝廊忽然顯得那麼故作姿態，跟許多讀過與遇過的人書一樣，他們都好，好到我只能從中看見自己的不好。那一年的歐洲旅行，遇見大疫前的大罷工，地鐵站拉下鐵柵，我徒步穿越了整座巴黎、半座馬德里與巴賽隆納，走到足底筋膜炎。第三次看見巴黎聖母院時，她已燒殘了臉，左岸擠滿朝聖與購買托特袋觀光客的書店剛好短暫歇業幾天，那時候的我們都不知道，一年後這家書店向世界上所有讀者發了封電郵，說它正處於書店歷史中的「Hard Times」。那一年的歐洲旅行，也是我大疫前的重整之年，人生成就集點卡斷開的 Hard Times。

你想要被偷走時間，還是被時間煎熬？我想要不再選擇。時間或許不是被誰竊走，而是網購時不小心勾選了捐出發票般，被自我捐棄的。某一段時間裡的我，經常清醒在清晨六點五十分駛離台中的自強號上，睜眼時，車已行過永康，酒紅色如龜殼般的背包裡書與講義皆被置在腳下，如果可以，不想提起它。再過幾十分鐘的我會站在後來才曉得是「臨時站」，如今已被拆除成土的火車後站，頂著陽光與某種不可避的責任穿過校園，來到課堂。我羨慕著那些清爽只背著小包的同學們，他們大約就住在幾個校區之間的小套房裡，套房可能簡陋，卻能裝下所有的書與紙，容納他們的清晨與午後。某堂課裡，我揮著大汗隨意穿著推門而入，第一堂課，老師正巧請人在紙上寫出最討厭的事。

將原本寫著的「火車」擦掉，改寫下「夏天」，汗不能止，於是最後寫下「時間」。無止無休的不是夏天，是不知被誰把守著精準時刻的時間。老師拿著紙條說，她也這麼覺得，滿堂哄笑之中，偷偷以手背拭乾臉上的汗。那一年的夏天，我走向了南方，不管眾人如何勸說不要通車上學，通勤的巨械會吃掉所有時間，可除了時間，還有什麼貨幣值得記憶書寫？

南方的城裡也有聖母院，中華宮殿式的八卦藻井，聖母在一旁垂目，竟被換上了中式衣袍，而我也偷偷以九百多張票根換取了最後一段學院時間。聖母在所有的語系裡過海，即使被錯置、偷盜面貌與語言，她似乎也無意回應時間。於是，每一次躲進的聖母院，我都記得，因為那是再也走不了時的安全區、停戰線，時間躲進教堂內的管風琴裡，千柱風管之間。人仰望神像，神不會發現底下的人，有人迷失在所有時間，癡迷於一切時間，有人如我。

聖敘爾比斯（Saint-Sulpice）教堂裡，不只聖母，我沒戴口罩跟著路人走進，那是網路斷開，刻意與同行者分散的自由意志行程。新燭與燭淚爛在花窗玻璃灑落光線的神像底下，每一座雕像看起來都像能夠自在呼吸，這是今年的我翻出照片重看時的唯一想法。其實不只是路人，其實不只是寫一篇散文，也不需要成為信件，因為不想向誰投遞。路人可能只是抄了教堂內的捷徑，從另一處出口回到大街，留下我與殘影學習禱告，在這個教堂的基座側旁，教我禱告的女孩，這次沒有來。

她有她的島，那一個疫前就已滿身傷疤的島，她住在半島那一邊。慷慨的從前，是她與我共享了心上的聖母院，聖母沒說，我卻知道，她在她的Hard Times 裡頭。最為難的是，一個人該怎麼回應另一人的「Time」，或者是共享每一種艱難。西班牙一個小城北面的未名公園，下起沒有預期的雨，同行人吃壞肚子，在 Airbnb 躲過了雨，我在雨中慶幸躲過了他的同行。可以短暫在雨的氣味中任意呼吸，雨漸強時，走進路邊小酒館，吃其實不怎麼及格的 Tapas，卻也勝過特意訂位的一餐海鮮、燉飯、wine pairing，與另一人。我是那種從前就喜歡戴口罩的人，素顏上街與笑不出來的時候，或是北國旅行時用來隔絕冷空氣，過敏人的心得是：「鼻子暖了，噴嚏就少了。」

我也是後來才知道，自己無法與人長時間相處，在每個人都掛上口罩後，想加碼把心也封閉起來。人總想看被遮掩起來的事物，其實底下什麼都沒有，誰說埋在土下的盒子裡一定藏有祕寶，有時候，只是想要掩埋一些什麼的過程。西班牙小城的雨，怎麼都下不進別人心裡，即使用上五百字、五千字重現，也只能以別人觀過的雨的姿態接近模擬。無法真正跨越與來到任何人的島，因為清楚知道，所以我與人的關係總像在隔著整座大河觀火，我已習慣心裡的河總被指控冰冷死灰，霧靄分明也有光暗，所有的河道裡，喬治・英尼斯畫的哈德遜河，尤其不知是夕沉或天光的逢魔時刻，最接近心河。

她的島正失著火，我在逃進幾間聖母院後，回到家島，故鄉卻不再下雨。而我以時間的陷落，換取了能重新獨自環遊、任意迷失世界的可能。有些人總想要舉著火把環遊世界，可即使是環遊世界旅行團，能完整收藏所有地景的也僅自己一位。近年的生活雖多了疫，卻也不過同樣在讀書寫字，不管在何處，這都是獨自的事。獨自時，偶然看到動態回顧，想起許多時候私自偷偷地和城市說了，下次再來，卻不能再。就像和她的承諾裡，也鑲有一句「再來」，我們都在疫中活成了無法相見的再來人。

封城一般的日子裡，把自己當成一顆咖啡豆日曬或水洗。書堆裡翻到周夢蝶的《十三朵白菊花》，讀裡頭的〈再來人〉才知道，真正的再來人在佛經裡頭，是那些明明可以成佛，卻選擇重回人世修行的人。詩中最後幾句寫著，「一株含笑的曼陀羅／探首向我：傳遞你的消息／再來的。」一句再來就令從前的山海和人，化成了一場十來年的細雨，下得手裡的咖啡發冷，頸脖透涼。

隔著心河與時間，回到第一次的聖母院，混凝土素牆裡幼稚園的我尚未能真心跟隨園長修女禱告，至今不變。而她帶我走進的聖母院，或許也正好建在她的心河，那一座不倚左岸、右岸，剛好建在塞納河道小島上的巴黎聖母院裡，她像是真正的再來人一般，於神像前作長長的祝禱。我閃進外頭門廊的飛扶壁之下，私心想將整座聖母院留給她，即使上百遊客與導覽者直直走進走出，即使我知道沒有人能憑信仰將一整座聖母院私有。島上的火暫時熄滅不了，我只能遠遠地在家中打開街景地圖，把所有曾經走入的聖母院、大教堂全置放上圖釘，讓塔尖成為我世界的天際線。

長長的疫年又再一年，人類發明了不同疫苗，抵抗病毒或者寂寞。在經常逛的旅遊活動網站上買了新的線上直播導覽，可愛女孩帶我逛一日巴黎，她拿著手機從瑪黑晃遊至市政廳廣場。遠方天際不時閃現重建無期的聖母院，聽說有家電子遊戲公司推出了ＶＲ版本的聖母院線上導覽，命名為「時光倒流之旅」。時光不一定無法倒流，其實是不必要回頭，我複製了新聞連結，想分享給她線上的聖母院，回報她當時心上的聖母院。

新一回合的時間暴擊，只能居家防禦。我從看完直播發燙的手機裡抬頭，巴黎天色剛剛擦黑，而這一頭夜的顏色，深林野火。

再來時

聖母院的影子，在火災後掉進水裡，映成了一片面目不清的巨形輪廓，像是打破疆界。當我們終於穿越那年的巴黎再見，聖母院的不清晰，幾乎也可以說它變成了任一處靠水的建築，比如海上修道院、比如維港邊又一座的新商場。

與我一起走過第一座與無數座聖母院的她，再見面時，完全相同也完全不同，我們相隔的不只是時間，確切地說是疫情與從前。現在隔著從前，隔著一座香港島的幾年、一座台灣島的幾年，再隔著兩個人每次遭逢苦難時都選擇的無語，不管無語是多麼透明的存在，它仍被一次次積累成了厚重的沉默，有些話一開始沒說，就會永遠錯過再說它的時機，像是最痛與最愛的一瞬間，像是一句生日快樂。我沒跟她說，有段時間因為太痛，我得一直保持著吐氣，捏著隨手能抓到的人與事、捏著自己像捏著壓力球，因此有好幾封卡片與生日祝福，有許多相信她能體解的故事，都被壓在了筆記本、壓成了貼好郵資卻無法分神寄出的標本，等真的再見，又怎麼可能拿得出手、說得出口。

而她也沒再談起任何經歷的運動與顏色，仍如同舊日一般，全身黑素，長長的黑髮，依然藻類般豐厚，只黑框眼鏡收成了隱形，不顯色的唇膏底下，對我笑得如從前溫柔，卻在我問候起過往經常聽她說起的教會友人們時，得到一句：「我後來沒再進過聖母院，回到教會。」

你永遠無法問一個朋友，為什麼不祝我生日快樂？是不是忘記了什麼？有些問題是禁區，並不是衝破它，就能得到答案，大多時候只是先驚走了門後的人，得到了一地碎紙。這幾年流行的 MBTI 人格測試，每個人通過試驗得到的第一個字母是「E」或「I」，簡單區分了他的外向或內向屬性，不用試驗，我與她都能知道彼此是大寫的「I」，重做一萬次都不會發生質變。我們在各自的門後，待得太久，等終於能開門時，才發現門原來不只一道。

再見面的商場，是疫情幾年在港邊盛大開幕的 K11 MUSEA，它像斜倚著海港的繆思女神，植栽牆與海、半島酒店與香港文化中心、1881 Heritage 與前身水警總部，港島永遠有舊與新同燦，從前覺得金豔俗氣的，如今都金燦得像希臘神話一般，所有未變彷彿都指向著她的未變，這讓我覺得想哭。我們坐下來，吃長長的飯，開動前得先挑選最想吃的菜，就像選擇最簡單的話語，無痛交代好幾年。

「工作內容跟從前差不多，雖然港島租金很貴，但我搬出家裡住了。」

「還在讀博士班，雖然那場婚禮很成功，但我沒有跟那個人在一起了。」

「那要一個帶子意粉，會辣嗎？對了，我的阿婆，疫情間過世了。」

「還想要一個披薩，應該是薄的那種吧？我父親前幾個月，也離開了。」

「有要喝什麼嗎？」

「餐後點心也選一下。」

「有機會，我不會再留在香港。」

「住過英國後，我想我以後都會留在台灣。」

帶子意粉其實就是扇貝義大利麵，有點辣，我們都不是能吃辣的人，卻也就這樣囫圇吞進了這些年。邊吃邊假裝不經心地打開門後的每一扇門，不多說也不追問，免得問號太重，捲起風來又把門狠狠甩上。無言歌成為主題曲，我們總藏在彼此的ＩＧ摯友限時動態裡，不按心不回應，到底人都不應該對任何事情太過肯定，年終獎金跟感情的事，尤其如此。

我想起有趕上說出的最後一次生日快樂，那年疫情剛剛在香港爆發，而比疫情更危險的聲音，卻更早更凶猛地成為生活中的破口。我寄了好幾盒口罩給她，她在電話中和我說起，幾次走上街頭，使得她與家人有了巨大的摩擦，苦笑補充，她一向只穿黑衣，可那段時期，她一身黑衣走上巴士時，都能感覺到許多視線。

而後，我們像是經歷了一場巨大的太陽黑子磁爆，水星與土星間的通訊被比地球還大的黑子群遮擋，好些年後才開始冷卻散開，她的水星時間一再加速，原就疾速自轉與公轉著的金探子，變成了羅馬眾神中真正的飛速之神墨丘利，就像她連走路都一向飛快，有時太快，我在後頭幾乎像是看到她裙尾揚起了時間黑灰色的氣旋。

飯後我們逛起新商場，她說，我想妳會喜歡。如此一句話像是星際穿越，抵達彼岸，雖然從未與她說過，但比起聖母院，我更愛無數商場。每一座城市的百貨商場，即使裡頭的品牌總不脫那些，我卻無比迷戀所有細微的差異與相同，石砌的牆地、拋光與不實用的圓柱、如同航空母艦挑高的樓面，銀河星辰變作了燈具與櫃位，再不如意的時候，它都會報以你鮮花、美衣與甜點。那或許才是一種永恆，才是一種可以換取的救贖。

她說要到樓頂的露台看海，我們在電梯前卻怎麼都找不著電梯按鈕，淡季夜晚的商場北側無人經過，我甚至想過是否已經先進到聲控，想請她出聲喊喊（甚至怕設定的是粵語模式）。正要提議，一個看起來要去樓頂健身房的上班族走來，在如藝術品設計的書架設計裡，輕輕一按，電門便開。就這樣，一併打開了許多道不同時空的門，我們又來到了水邊，說起了許多的不一樣。

她說，最近很多人說香港在大灣區，大灣區在哪，她從前真的沒聽說過，反正現在的香港，連星光大道都不一樣了。「不一樣的還有人，家裡不一樣了、工作不一樣了，其實就連我都跟從前很不一樣，但還是想讓妳知道，對妳來說，我的不一樣不重要。」一樣的，比較重要。

我說我也一樣，一樣喜歡逛商場、一樣喜歡給最親密的人買禮物，一樣什麼都變了，但總要再來與再見。被時間拿走一樣，我們就再自己拿回一樣。維多利亞港邊，農曆十五，月光漲潮幾乎拍向樓面，如果從此不再祈禱，那麼就與我一起把聖母院變成一座商場，總有別的光在裡面。

C鎮的房間

那是一座沒有山的小鎮，卻有真正的廢墟，每一日買菜或是晨跑間，總會經過聽說是二戰轟炸後殘留的教堂基座，從前的城鎮只剩幾座如禿鷲長頸般荒廢的殘骸。沒有山，也沒有風，唯一的風，是跑步時的氣流。剛搬過去不到一個月，新居的蜜月期還沒完，小鎮就迎來了長長的夏季熱浪，市中心的賣場一台電扇都不剩，我在房間將自己壓縮成一片海苔或是太空料理包那般，把身心的水份抽乾，以應長長早期。

C鎮的夏天剛剛開始，有些時間，咖啡一般，但我不會說它是義式或手沖咖啡般的存在，比如在咖啡廳裡完成一個作品、回覆信件與閱讀資料……它更像是一種虹吸，從有限空間到另一個有限空間，在空間的壓力結構間，把時間逆行、將時間某段予以召喚出來，如此技藝，也很接近某種咖啡烹煮方式「愛樂壓」（AEROPRESS）。但我癡迷的不僅僅是時間的萃取法，更是它能將物理扭轉，空間魔幻的一瞬，一瞬裡遠方變成房間、房間也能成就遠方。

不管是年少時的北京城、C鎮上的咖啡時光，甚至是飛去數天與生活幾十年的城市，我已不知去過了多少咖啡（Café），從只賣義式咖啡機、或者手沖咖啡的店到異國的不禁菸咖啡廳，才一晃眼，就從初寫來到習慣於寫。

認識的人大致分成兩種，一種能在咖啡廳裡工作寫字、一種則否。從不能跨越到能，成為真正在咖啡廳裡書寫與工作的人、成為能在常去的店裡，放心把筆電留在桌上，去門口透氣或上廁所的人，差不多耗費十年。這或許與時間的長短無關，只是因為剛好在這十年裡頭，體驗過更多的不能與無能，才終於習得了「能」。

不只是一個適宜寫的房間與空間，曾去過好幾個職業寫作者的家中，多半有日照極好值得放空的窗台、角度與厚度都剛好的桌椅、自己喜歡的杯盞裡裝慣喝的茶或咖啡，或有貓狗幾隻，書寫間賴在腳邊，撫抱他們的時候，就是小憩。我也幾次擁有過、打造過這些房間，卻還是從房間裡走了出來，鎖上門，躲進咖啡與點心都不一定稱得上好的空間裡，逼仄桌位間、蜷著背，像與時間搶奪什麼般的寫著。原來寫作真正需要的不只是房間與某種餘裕，比起優渥不分心的生活，我寧可選擇不帶敵意的伴侶親友，勾下了必須選項：「其他」。

在北國的寫作時間裡，我前所未有地體認了這件事。

那時，我經常在一間連鎖的咖啡品牌「COFFEE#1」裡書寫工作，為了不被每日不同濃度與風味的義式濃縮困擾太久，經年不變的點上一杯加了濃濃牛奶的 Flat White，餓時隨便點上一份或鹹或甜的可頌。算準同居者回家的時間，早他一步回去，就像早晨總晚上他片刻，便急著出門、點好咖啡、打開筆電，祈禱著空間開始為時間虹吸，真正舒服的地方在文字與書寫裡面，任憑外面有大千幻化美好城，卻全都是要拿寫作來交換的。

喜歡的寫作者出了新書，交代多年後一切物質上的波折終於平靜，但他卻似乎生活在麻木的日常中，於是明白的寫下、嘆息的說出，文學似乎漸漸消失了，但他竟不覺得可惜。我有一種被棄的感受，像是既羨慕又生氣，羨慕人說出了實話，氣自己不能放手與放空……因為我也漸漸明白了，任憑不想寫與無能寫的時間拉得再長，近乎遺忘，我都還是要寫，這是我一路走到這裡的原因。這些情緒在我還不懂得讀取心內音時，都可能變成心魔，偏偏我在路上遇見了另一種鬼魅，祂們讓我明白，幸福確實不一定存在，直到你懂得相對。

那時我才明白，比起無用的文學、無視的他人，活在對寫者、對寫作的敵意中，或許才是一種巨大的逆境。「就因為妳總要寫作，所以才忽視了現實的幸福」、「寫作一生能給妳的，我現在就可以給妳，那為什麼還要寫？」在付出努力與公平之外的所有交換，都是勒索與傷害，好比假裝拿著幸福交換寫作，這樣的交換即使成立，都是不幸福的。糖果屋備好、交響樂奏起、會挑舞的衣櫃裡滿是美麗衣裙，只要拿鵝毛筆簽下「我不寫了」，就能一卡皮箱入住……可即使是童話裡無知如野獸者，都明白愛禁不起換取，於是不管有沒有魔法的玫瑰，都在那一年全境凋謝。

C鎮的「COFFEE#1」是一座四面開放的玻璃屋，可能許多次我太投入在敲打鍵盤，忽視了過路人裡有敵意的眼神與耳語，被風聲傳得很遠，從歐陸回到家島，才讓時間起了同情心，終究為我所虹吸。所有的魔法物件、咖啡時光與房間，都成為了一種不能被交換的技藝。時間與記憶就像散文的「現成物」，癡迷散文與時間的概念是相通的，它總將平凡的、大量生產的物件從原有的功能性中分離，透過了寫作者（或藝術家）的選擇、裁剪，將其昇華到藝術的高度。當代藝術裡，許多人利用了現成存有的物品，完成自己的創作，總會遇到他人質疑那麼他提供了什麼？就像有人會思考，那麼散文家創生了什麼？不全都是所記、所見的所有。

看見平凡日常中別人無法想見的狀態、屏住呼吸捏取記憶中最鋒利卻閃閃發光的碎片，將話語漂白再上新色，把時間顛倒、令空間錯置，卻又全都是真實存在過的一切。散文家虹吸般令上下空間顛倒，直到經過了沸點，在沸點後頭、萃取過後降落與重新循環，最終留下的才是不帶敵意與交換條件、一個真正想寫出來的故事。

C鎮的夏末，十點天黑，我經常在飯後一人餵撫庭中野貓。高緯度地區的貓，毛髮總會長些，黑貓有叉開爆毛的鬚髮，就像小小隻的緬因貓，只在天將黑前跑來庭中咪嗚，在鮪魚或雞肉的鮮食罐旁翻肚，細長小爪偶爾在我腿上劃出血痕。可能只有十到十五分鐘的廝磨，樓間就會傳來不知是當時伴侶還是錯聽的呼喚聲音，無風可以吹散，原來這裡是世間的無風帶。

以為的廢墟，在廢墟之前，也曾經風光。

在秋冬真正彌封行走之前，我擁有過短短兩個月的慢跑時光，下樓出發後先慢慢跑上兩至三百公尺，穿越過住宅區前往市中心必經的那條夜晚無人敢行走的地下道，那裡總躺著一位女士，偶爾會有人從小鎮中心採買回來時放下一瓶果汁或是牛奶、特價麵包甚或垃圾食物給她，除了小便與久未洗漱的異味，她的存在確實無害，甚至因為同是女性，總覺得她的存在令我這個異鄉客安心。如此跑向前，第一條路徑是往城裡跑，穿越Tesco、M&S、中超、韓超等林立超市，會在一處小到令人心慌的廣場旁跑上石磚路，說那裡是個教堂之國，也算公道，不論再小的地方都有座主教堂，然後才是分散出去的小教堂，這裡當然也是。

磚路的高點，有一整座教堂被鐵欄低低圍著，十四世紀哥德式的大教堂，若要為這座城鎮找一個亮點，大概就是這座二次世界大戰被炸毀、如今只剩底座的聖米迦勒堂，它是第一也是唯一一座被戰爭摧毀的教堂，在那場說來像歷史，卻至今不到百年的世界大戰裡。我在將近八十年後，來到這裡，能在汗水間想像一九四〇年的十一月十四日，當時德軍投下多少彈砲，才將一座興盛的工業城，炸至焦禿；它再從鬼城變成現下半點不美的城鎮，沒有古蹟、沒有想像的英倫風景，不大的城鎮中心唯一能令我心跳緩上一拍的是教堂殘座，說穿了，是廢墟。

繞行一圈，花不了多少時間，如此我便返轉，不再往整個北邊的犯罪熱點區跑近。C鎮雖不大，徒步能到的地方卻也可以走上半天，即使如此，還是經常有再無處可去的寂寞感，於是有了第二條跑步路線。

往南邊跑，不用彎進地下道，反而有座橫跨暢貨中心的天橋，天橋之後是一整片如複製貼上的住宅區，紅屋區、白牆區、灰色後現代玻璃，家貓在窗台犯懶，越遠市區屋舍越是瑰麗，二十多分鐘的步程外有C鎮最大的公園。小鎮大公園，後來才知道那座公園足足是大安森林公園的兩倍，跑抵公園，像是一場漫長的熱身，知道要跑遠，反而更有累的餘裕。我在公園裡循著自己偏愛的固定內圈路線跑著，最後一段必得經過有感的上升坡，繞石碑兩次，再從兩側雪松樹蔭底順坡而下，用路旁的長椅拉筋。

入冬前的倒數幾次長跑，在石碑前因為空氣變得乾冷而停下，才發現這是一座戰爭紀念公園，從第一次世界大戰到第二次告終，這座城市活過了兩次戰爭（或者不能說是活過，而是兩次重生），將公園緩步逛完，深秋裡，推開了公園紀念館裡被喚作「靜室」（the Chamber of Silence）的房門。長長的「陣亡者之卷」掛列，是C鎮在兩次世界大戰和海灣戰爭中喪生所有男性之名，原來從石碑、公園到新的住宅區，它不過是座嶄新的廢墟亡碑。我所感應到的寂寞，如同被暫停與遺忘的時光，或許並不源於異鄉，而是來自一片土地的記憶。有男子去往遠方與海洋，不再返來，這裡只留下了他們的名字；除了他們，還有我。那時一部分的我，絕對也在殘忍的割裂中，留下了相對天真與容易感到疼痛的部分，連姓名也沒有的被丟在了C鎮、藏在了Queens Road西側房間的床邊木地板中。

離開公園，慢跑回住處的路上，所有的葉子都被染成秋天，迂迴路程把身體走冷，我拉高外套拉鍊加速。天色黑得更早了，紅屋區忽然傳來熟悉的貓叫聲，那隻黑貓趴在某個民宅的院內玄關前，只一眼便看出那是他的家。他衝我多咪嗚了幾聲，像是打完了招呼，謝謝平常的招待，說完便往家門走，留我繼續往居處的矮樓移動，樓越跑越近，我只有房間，沒有家。

C鎮是一座收藏舊時戰爭與遠方我的廢墟，也像一半曝光的膠卷、殘片，沒什麼好與人說起，也不用沖印，最多不過寫到這裡，我靜心等待，它被時間沒收其餘。

霧虛筆記

有什麼事約定好了千年也不會變？大概只有變化這件事總是不變，因此請不要輕易給予承諾，所謂承諾，我說的其實是對自己。承諾早起再寫報告、承諾週一開始要生酮飲食或168、承諾一次重返的旅行，種種看似輕盈，其實全像是承諾愛與不棄。

不棄的話語都是某次被棄的遺留。

大疫之年已經不只一年又一年，與瘟疫有關的約定，我也有過一個。我不會說京都是屬於誰的，要「重返」京都與「回去」日本的人太多了，在這些記憶與深遊、短居之前，我不過是一個還沒走完名店與名勝的普通遊者，嵐山至嵯峨野一帶，寺廟就不只十數間。與人同行的一次步行，只是走過山路竹林竟也有轉山心情，清涼寺出來後，不到十分鐘路程經過的大覺寺，我們路過。沒有故事的名字就只是路過，只有憑著與記憶相認的某次深讀與深刻，名字這件事才被賦予意義。躲進路邊カフェ（café）躲避夏熱的我，Google 大覺寺名，看見一千多年前的另一場瘟疫。

西元八一八年京都春天，日本也有瘟疫，嵯峨天皇以金泥研墨，寫完一字就行三叩首頂禮，天皇為疫情祝禱領著當時百官寫作的這本《般若心經》手抄，就收在大覺寺裡。儀式感最深的是它的展期，自那次戊戌年後，便只在每隔六十年後的下次戊戌年間裡開放展覽。無論戰爭與君主改異，千年都沒有變，當時讀著這段訊息的我們，還對幾年後纏擾世界不散的瘟疫全然未知，那時世界的上空被飛行航線劃成織網，天空的溫度過熱，心也還熱。

六十年一次，無論誰的一生，都只能一會。這種時機，一如那些ＸＸ座流星雨、期間限定與週年誌慶，往往就是承諾惹人心癢的時刻。那是充滿這種陷阱的一年，那一年待在嵐山的某夜，是我第一次的藍月時分。第一次，卻不是世間或他人的第一回，是終於與自己的故事相認，相認完成，才算真正識得。我終於知曉藍月，是那一年的夏中嵐山夜，它發散出近似Akoya珍珠般的光澤，在星海開了一盞銀燈的月圓，卻不發生在真正的十五月圓，藍月其實是那個月裡的第二次月圓。每兩三年裡，總會出現一回跳脫農民曆的二次滿月，明明這個月裡被記算出的滿月不是今天，卻出現了質與數都相同的另一個滿月，西方人稱這樣的月與時刻為：「藍月」時分（Once in a blue moon）。交會必然發生在，計算不出的藍月時分，才足供記念。

在這樣的藍月底下，占星大師與克卜勒都不一定能精準計算出的零餘時刻，我從長時間的遊戲與生活間登出，開始以過往沒有的速度識得名字、不斷與故事相認。

嵐山藍月，在那一次造訪後的兩年，將逢見大覺寺手抄心經的下一次開展，同年，也是下一次的藍月時分，我對自己、而不是對他人，許下承諾要再來。

我從不對人輕易說出承諾，因此最常毀信的對象總是自己。多年前說必得要在下次戊戌年看到的大覺寺心經，被後來更多承諾揚棄了，許多年後這個當下，我才明白我這一生，或許趕不上下一次開放，無法看看當年嵯峨天皇寫下的金字心經，是哪些段落被後來的天皇刮去一些金漆入藥……不過幾年，事物劇變，不知道還有沒有人為疫情抄寫經文，也沒有心再算上幾年一度的事物，終於識得承諾的名字，是恆常的變。原來嵐山也是一場夢，與我同行的人，在不同代號與名字間成為同一個人。多年後，遇到共同認識這名字的新朋友，評論後來的他多情躁動，正常偏渣，新朋友識得的與我記憶中識得的，怎麼比對都不像同一人。如今他變了，或是我記錯了，如果不能怪記憶，那麼只能怪自己。

原來填滿記憶的，總是略過與遺棄。

曾經一直深信自己的記憶無比牢靠，記得一切有與無，直到發現不知什麼時候開始，當我想起某個曾共享呼吸的人，得花上一些力氣才能說出他的全名時……無關記憶，更像是自己的破綻，但這讓我非常安心。終於我也可能、也可以忘記了，即使是不純粹的一種忘記，比如只記得暱稱與事件，記得過程與結束，卻忘了最初，卻都還是一種解脫。總得自問，不真實是欺騙嗎？承諾後的無法達成，也是嗎？那些虛化的語言，說不定是因為記憶找不到歸屬。接近真實的存在實在太多了，包含夢境，有些夢在夜裡或是藍月時分，潛行入光縫之間，幾乎成真。

忘了倒數或者忘了承諾，幾年後的我，果然錯過了大覺寺的心經開放，此時此刻，接寫這篇感嘆承諾的文字時，也早與藍月錯身許久。比誰都清楚明白了，任質量無比接近滿月，依然不是滿月的存在，就是一種愛錯；所有的新月許願都得在正確的日子寫下，才能算數，那麼愛也是同理。

身體的記憶，也不是真的記憶，它們只是記得、只是習慣，因為真正的記憶會篩選與過濾，有種愛的衍生物也屬於身體，更屬於欲望，不純然是一種快感，更多時候它是一種痛感，因為覺得很痛，才說服自己原來這就是愛。我們誰都曾這樣迷惑陷落於愛的黑潮，也必須如此，我才能在後來讀懂佛洛姆《愛的藝術》其中開示的：「有些人把給予視為一種自我犧牲，因此是一種美德。他們認為，正因為給予是痛苦的，所以才應當給予。給予之所以是美德，正因為犧牲是美德。」不再像青春時幾次翻讀，只覺說教。

年少時以為自己愛得剽悍，能將愛進行到底，中年將來未來時，才如初醒般警覺，這個與那個皆不是愛，因為關於它們的記憶都開始起了毛邊，比霧更加虛化，我想總有一天，將全數遺忘，這是記憶於我最好的禮物。將那些名字從記憶的藍月中拔起，以為是珍珠的，其實是塑膠，那些誤解為吐沙的痛，相較於真正的珠淚，不過一聲嘆息的力道。

嘆完這聲（又一聲）氣，我不再承諾自己與大覺寺任何事情，其實從來無意為任何餐廳與寺廟作記，想寫下的只是當時的我們。「我們」不是兩個人，是不同承諾中的我與他人，有時是摯友、有時是愛人，有時更像旅伴。此刻，我比任何時候都更加確認了過往書寫抵達的地方，不在京都與台北，回頭與往前都只是踏空，人所能真正擁有的不過當下，寫完這句，便失去了。因此，即使是面對自己，我也不再承諾，離了這一秒，任何事物都是落地就幻滅，真正確認的事情，從來不需要答應與記得。

藍月金泥字，新的一甲子，我寫自己的心經，唯有如此才可能靠近與暫存此刻。

＊友情提醒：下一次大覺寺「戊戌開經」的時間為西元二〇七八年。

我的天文課

有記憶以來，我就沒有太多算命的體驗，尤其是紫微斗數這類需要確切到生辰時分的計算。與不熟的朋友聊天時，也無法閒散地就將箇中原因說來，畢竟那與整個生命故事、家族記憶相關，怎好無端對人一一細數。因此我總是說一個大概的時間，卻也知道幾小時、幾分鐘之間，藏著無盡不同命數。

相比被誤讀的未來，真實的身世，總更難說出、難以簡單坦承地說出，其實連我的媽媽都不能確定我的誕生時間，甚至不需要過於迂迴的推敲，都能得出原由——其實「媽媽」，本來就不一定是身之母親。

我也曾經抱著壓寶或買樂透的心情，報出許多可能的時間，想聽聽可能的命運。因此得來的紫微盤相就有「廉貞天府」、「紫微貪狼」、「太陽天梁」、「天同化祿」……有些組合驚險、有些組合安穩，不管哪一種，卻都曾聽見無比美好的境遇，反向更是。不只一次，許多人都指引我可以從戶政處申請來真正的出生時間，但我的記憶總提醒我保持沉默與現狀，或許這與我幾次向生母的家族詢問所得來的回音相關，那看似不捨與滿是抱歉的母系家族，卻人人都答以不同的時間，每個人關於我的記憶，說來再滿腔熱情，其實滿是禁不起細看的冰裂痕。有趣的是，沒有任何一種紫微組合，漏掉我動蕩的童年，卻依然只能看出謎面，而無法說出謎底。比如，在無數的缺席與錯過間，我依然在其中學會了愛，並且無論何時回想，都感幸福。

此後，紫微變成了一種神祕學的興趣，比起自我，我更想認識星與星的個體和團塊，星球、星座、星系、星雲，新聞網裡頭的天文消息，設定成優先關注，電腦裡頭的讀書筆記檔案，將紫微與其他占星宿命之說，另存為一種現在式的研究資料夾，當中藏有一片便籤，如此寫著：

漫長的季節其來有自。
我們誕生，我們死亡；結局取決於開場。
由此流動著財富與權勢，然而更多時候湧現的是貧困。
技藝與性格被賦予了呼應天命降生之人，反之亦然。
讚美，世間的聚合離散。

《天文學》（*Astronomica*）第四卷，14-19行

——Marcus Manilius

我喜歡天文學，在它不只是天文學，更可以如馬尼利烏斯的《天文學》（*Astronomica*）一般，是詩。將人的命與運、開局與終局，寫得如此細緻

與柔情，在最好的哲學性之中顯出神性。若是從天文學看紫微諸星，也有極多精巧的對應，東方星座的十四顆主星，相對於西方的十二星座，經常有人說紫微星似獅子座、天府星像摩羯座、廉貞於處女、武曲通金牛……而不同的天文家、占星者、命理師，都有各自不同看星星的雙眼。拉近真實星空，紫微其實就是北極星（Polaris），天府則落在了南斗一的位置，想在現代天文星空中看見它，你只要往人馬座裡頭的第三亮星（Ascella）找。所有命運，原來都是星星，沒有不美的星辰，卻經常有明滅的命運。

跨越東方與西方，如果說有什麼相通之處，大概是比民族歷史、比專制封建、比帝國戰爭更悠長的宿命感，宿命這詞彙總帶著點悲劇性。羅馬詩人繼承自希臘星學的一種全面命定感，命定與宿命二詞，如今的我讀來像是神話，但確確實實有許多現代人仍如遠古一般，景仰、讚美與畏懼著它們。就像紫微裡頭，無人命宮沒有凶星、沒有陷落，每個人都怕「殺破狼」，又或者更驚懼於六煞星的擎羊、陀羅、火星、鈴星、地空與地劫。

在某一版本的命裡，我曾聽過關於遷移宮中出現的天馬、夫妻宮中的地空，它主背景離鄉、寓一切落空；可從前如流亡的苦難，今日卻未必不是一種幸福，許多我在異鄉生活的片刻，告別昔日伴侶的日子，都曾經因為自己離島、離人如此遙遠，而感到安心與寧靜。

我也喜歡留心宿命論中異常殘酷的溫柔，將紫微視作一門生命學科，甚至是國語課堂，它同樣教會人理解各種詞的新義與旁解，從古代進程至現代，「空」也許是萬事成空，但有些空缺，是為了再滿盈上其他，空更可能是避凶與清靜，現代人也不是人人都想子孫滿堂。

讓我再次相對，我在西方占星裡研讀土星逆行與相關書目時，經常會讀見一句形容，稱土星是「業力之王」，似乎土星總能帶來像是人生厄運般的痛苦與經歷，在某種時空，這也是一種心理學對自我的再認識。紫微教會我的現代課，還有自然科學，流年時運藏在星斗轉移間，就像是行星間的牽引，海洋迎來十年大潮、太陽黑子的十年高峰，全都似一個人的十年又十年，人也是一種自然。

如果能知道、如果不知道，說來都是如果的事，還好命運是沒有標準答案的一場答卷。世間的聚散總如天文科學、文學藝術，不管知與不知，看起來一樣美。

在多得是不知道與沒料到的事情上，經常會為手機的自動選字傷神，幾個月前參與一場會議，移動間用手機回覆郵件討論議程，「新舊議程」在上下車間送出，像是錯站般變成了「心就一沉」。有時候，總在無意間為著手機的自動輸入選字感到很傷神，當我再看到寄件備份時，心真的沉了又沉，那是這一次土星逆行的中段，似乎還重疊上某年底的又一次水星逆行。像是更新病毒碼，這幾年的占星學幾乎有戰國被統一的霸道，於是世人知道除了水星，所有行星都會逆行；或許，我是說或許，相比水星掌管人際通訊與交通，土星作為凶星之首，它的逆行更可能帶來真正意義上的逆反與考驗。

在這一次的土星逆行期間，我撿拾了手邊能找到的《天文學》片段，一再重讀，也將麗茲·格林新版的《土星：從新觀點看老惡魔》搭配各方名家的星相提醒來讀，這就像是「哲學史」遇見「行事曆」，身心都非常飽足。同時，我也不知在哪處讀到一句：「所有表面的不順利，是宇宙重新給你機會。」引我內心問號，這些書與話語，總習慣在下下籤時為人打氣、將逢險阻時暗示盡頭美景，像是雞湯與打氣般告訴人們，利用命運帶來的痛苦，好好習得社會化，發展出更高的成就。

我卻想起（也更偏好）福克納小說中的提醒，與其說是宿命，更似警鐘：「個人無非是他所有不幸的總和，可能某天就連不幸也會感到厭倦，然而至此以後，時間卻成為了你的不幸。」說得清晰一些，依然還是福克納說過的：「我們無人相信，人類的痛苦都是由自己造成的。」比起命運給的飄渺機會，我跟福克納一樣，在悲傷與虛無間，選擇悲傷。才終於在走過土逆、水逆、木逆，整個太陽系輪流逆行的時間後，領取到這份溫柔，不再與它作對、衝它冷笑。

回頭觀自己星盤，土星獨大，這一次長達四個多月的土星逆行，恢弘不已，原來是土星自二〇二〇年進入水瓶以後，最後一回逆行。讀到了琳琅滿目的提醒，只幾個關鍵字在眼底留下殘影，像是「贗品」、像是「謊言」……如果有天命降生，我或許至終都在盤算要活得沒有謊言，沒有謊言不是不說謊，而是不自欺，像是騙自己我沒有說謊與我愛你；從不想說謊到不對自己說謊，搞懂當中字義的我，已然經歷了十數次土星逆行的時間。

在某些書頁純然理性的論述裡，得到的溫柔最巨大。比方天文學裡，行星逆行的真相是它們從未真正倒退，只是速度變緩，於是從地球看去，就像它們輪著倒退。與土星作伴的時間裡，讓我開始學會感謝它的逆行，它其實是一個如此需要倒退、需要放得緩慢的星星，在所有行星裡，它的自轉速度只慢木星一點，時速大約接近三千七百多公里。如此快速往前，時間的魔法卻像是惡作劇，它也並沒有多移動、多創生出任何時間，我們依然擁有同樣的一小時、同樣的一年。

因此在某些年月裡，土星值得它的逆與緩，我也值得。

寫完這篇的不久後，土星即將結束這次的逆行，我也比平常走得更慢，經過飲料店等待一杯手搖茶時，聽到下一位客人紮紮實實地向店員點了一杯「觀世音拿鐵」，或許宇宙裡有什麼新的星星，也開始走得慢了、走得累了，一定是這樣的，卻真的也沒關係。

跋

在一個自己的位置

完成《土星時間》正文後的一小段編輯時間裡，剛好結束了一年，迎來了又一串數字、迎來了又一次「新年」——（又得和終於寫順的舊年數字告別）。我將最後一段的書寫，按下暫停，當作土星的新年假期，與每一篇文章拉開距離。

隔著距離，才能確認許多的情動不是一時腦熱，即使早在它們長成現在的面貌前，我已與它們拉出了長長的封鎖線，隔離、禁入、卻依然相連。

這一本書的所有故事，甚至篇章，都啟動在多年前，埋在我細細收整在專欄、邀稿與其他閃現的文字中，與其說初寫是原型，更像是承諾，有那麼多的未完成，待我完成。等我真正重啟時，先是慶幸所有過去的字都還算數，卻依然無可抗拒的將它們打散、混入新我，從原型食物變成了分子料理，味道如故，甚至更加厚重。

父親的離開，確實是這本書啟動的一串密碼，將《土星時間》提前了不知道多少年，它自顧自地搶快走在了博士論文與（一本寫了許多年的）小說集前，如若不理會，它們似乎就會在忘記之前就崩解，即使我根本不打算忘記。而那些看似更重要的存在？有賴土星，總提供我另一種衡量法，如今我已能接受所有的延遲與停頓，它們甚至是另一種安身立命。

我在如此年歲，才像是真正接受了自己，卻不是開始麻木。

不是不再在乎所有評價，而是知道有些評價，既不是我，就與我無關。看見刺目的人事，除了不看，還可以走得更遠；若是有人追上，跨線與索討，我也可以不笑與比他一根中指。同時也接受，我對某些人與事物的喜愛，並不必要強求或解釋，它一直是自己的樣子，我一直也是如此。許多時候，理解存在本來就是一場化驗本質的過程，比如科學、文學，也比如星辰。

我將自己喜歡的行星串作一趟星際航線，也似行星組曲，說書人翻開卡牌，由「土星」出發，業力與死亡交互，每一次告別的現場與它的不可重現，時間有它自己的聲音，以沉寂之土的流動織就了一幅雙面繡、卡帶的AB面，將善惡也好、真實虛構也好，全都分頭細數，也是我與散文一路同行，想抵達的某一種風景。「水星與海王星」裡頭，收藏了許多飛行般的體驗，這兩顆星星除了代表著某種知識性，剛巧也都有著各自與速度相關的神話性，好比飛行與移動，於是我把一切神祕孤獨之事，比如騰飛般的文學、比如讀與寫的體感，收藏其中。而「冥王星」則是一次私有與私我的完成，冥王星早早就被剔除於九大行星名單，從行星變作矮行星，這般「被除名」與「在之外」的存在，令我想起許多關係中的自己，尤其動容，也為某些文章找到了應該的位置。

和我一樣，或許我也一直都在找一個自己的位置。

那位置不必要華麗、太前面與中間，也不用多麼舒適，它只需要是一張為我留下與張開的椅子就好，因為想到了我，所以留下的角落，如此便已美滿到超乎想像。我是一路都習慣沉默的人，即使說話，也是打起精神，經過多年訓練後達到的工整與周延，因為不喜歡給人添麻煩，因此像是消除遊戲方塊般，把自己許多時候的心音與存在，也當作麻煩拔除了。如果走進一間房間，滿員，我會笑著關門離開，我總能理性地提醒自己，世間有那麼多的房間，總會有多一張椅子的地方，就這樣不悲不喜地移動與往前，穿越過無數時間、房間，直到偶然與某段話相遇。

起手式應該也可以說是——土星時間的某一段，大概是想宣傳系上的創作師資，我為了學校的九十週年校慶與指導教授接受媒體採訪，我的老師與我一樣並不是有太多話想對世界說的人，當然成因並不相近（她有著無比強悍的自適性）。那天，她看著媒體，但我知道是在對我說話，她說曾經讀了我某一篇文章，在文章裡頭，我說自己是：「沒有位置的人。」她只想說，在她的課堂裡頭，永遠都有我的位置。說話時沒有看向我，事後，我們誰也都沒有再提起這句話。

但我每一次想到她說話的側臉，與更多時候她對我仍在逃的處境，保持（寬容的）無言，一次都比一次更紅眼眶。這是書寫給予我最極限的撫觸，即使語言引來了那麼多的傷，無言甚至更加倍的帶來誤解，但透過不知在何時相遇的讀與寫，就像已經通信了多年、通訊了多年。縱然，抵達仍然得花上幾萬光年的時間，卻總會抵達。生命和行星一樣，每顆星星都有它的軌跡、它的命運，並且沒有絕對的好壞，有時候，就只是一個應該的位置，這個應該的位置，讓人成為了自己、成就了自己。

感謝每一個陪我錨定位置的人，你們全是我的相對座標，引我返航。謝謝印刻與我的編輯敏菁，星圖遼闊，妳總能認出我；謝謝一路陪伴我成長的《幼獅文藝》與當時的主編丁名慶，讓我能以二〇二二年的專欄啟動土星的初次探勘；謝謝總是替我留下位置的老師蘇偉貞與周芬伶、謝謝許多文學小夥伴讓我能坦然地接受，如今以文學為志也為業的自己，並且總予我許多閱讀相關（與無關）的歡笑時刻。謝謝我的伴侶，比我更早、更好地擁抱了土星，讓它安然行走運轉在一個，自己的位置。

我從書寫、也從星辰中，找到自己的位置，儘管它極低溫、無氧，沒有大氣，但只要坐下，就知道這是專屬於我的。願遇到這本書的你們，都找到自己的星辰座標，入座平安。

INK PUBLISHING 文學叢書 729

土星時間

作者	蔣亞妮
總編輯	初安民
責任編輯	宋敏菁
美術編輯	陳淑美
校對	李曉娣　蔣亞妮　宋敏菁
發行人	張書銘
出版	INK 印刻文學生活雜誌出版股份有限公司 新北市中和區建一路249號8樓 電話：02-22281626 傳真：02-22281598 e-mail：ink.book@msa.hinet.net
網址	舒讀網www.inksudu.com.tw
法律顧問	巨鼎博達法律事務所 施竣中律師
總代理	成陽出版股份有限公司 電話：03-3589000（代表號） 傳真：03-3556521
郵政劃撥	19785090 印刻文學生活雜誌出版股份有限公司
印刷	海王印刷事業股份有限公司
港澳總經銷	泛華發行代理有限公司
地址	香港新界將軍澳工業邨駿昌街7號2樓
電話	852-2798-2220
傳真	852-2796-5471
網址	www.gccd.com.hk
出版日期	2024年 2 月　初版 2024年 5 月21日　初版二刷
ISBN	978-986-387-706-6
定價	380元

國家圖書館出版品預行編目(CIP)資料

土星時間／蔣亞妮 著.
--初版. --新北市中和區：INK印刻文學，2024. 02
面； 14.8 × 21公分. --（文學叢書；729）
ISBN 978-986-387-706-6 (平裝)

863.55　　112022154

舒讀網